中国古典
之门丛书

GU SHI XING LV

古诗行旅

先秦汉魏晋南北朝卷

马世一◎编 著

参加编写

孙文心　马天牧　马天放　崔铁英　王瑞雪

杜万衡　陈秀兰　王艳华　王艺霖

语文出版社
·北京·

图书在版编目（CIP）数据

古诗行旅. 先秦汉魏晋南北朝卷 / 马世一编著. -- 北京
：语文出版社，2013.6（2019.4重印）
（中国古典之门丛书）
ISBN 978-7-80241-768-7

Ⅰ．①古… Ⅱ．①马… Ⅲ．①古典诗歌－诗歌欣赏－
中国－青年读物②古典诗歌－诗歌欣赏－中国－少年读物
Ⅳ．①I207.2-49

中国版本图书馆CIP数据核字(2013)第102709号

责任编辑	李　勇	
装帧设计	李建章	
出　　版	语文出版社	
地　　址	北京市东城区朝阳门内南小街51号　　100010	
电子信箱	ywcbsywp@163.com	
排　　版	北京杰瑞腾达科技发展有限公司	
印刷装订	北京天宇万达印刷有限公司	
发　　行	语文出版社　新华书店经销	
规　　格	787mm×1092mm	
开　　本	1／16	
印　　张	16.75	
字　　数	194千字	
版　　次	2014年1月第1版	
印　　次	2019年4月第3次印刷	
印　　数	8,001-18,000	
定　　价	35.00元	

☎ 010-65253954(咨询) 010-65251033(购书) 010-65250075(印装质量)

前　言

　　什么是诗?《毛诗序》说:"诗者,志之所之也,在心为志,发言为诗。"也就是说,诗是个人情志的表达与抒发。中国是诗歌的泱泱大国,从春秋到现代,成千上万的优秀诗人,创作了无数名篇佳句,成为文化天空的亮丽风景,也成为传承民族文化的有力纽带。中国人自古就重视学习诗歌,孔子甚至说"不学诗,无以言"。孔子提倡学诗,首先看重诗能起到潜移默化地提高人的基本素质的教育作用;人们喜欢诗,则因为诗短小精致,声韵和谐,既深含哲理,又富有辞采之美,诵读起来,余音袅袅,犹弦在耳,给人以深刻的精神享受与情操陶冶。引导孩子从幼年开始读诗,是提高人们文化素养的有效途径。

　　本书以诗话形式撰写。什么是诗话?古代将评论名家名诗,记叙诗人轶事,讲解诗歌法则,辑录诗学典实的书文,统称为诗话。"诗话"一词始见于欧阳修的《六一诗话》,从此一发而不可收,仅宋代就有苏轼的《东坡诗话录》、陈师道的《后山诗话》、陆游的《山阴诗话》等;元、明、清三代,诗话著作更层出不穷,著名的有袁枚的《随园诗话》、赵翼的《瓯北诗话》、王夫之的《姜斋诗话》、王国维的《人间词话》等,不下数十种。这些诗话,大都自出机杼,抒发个人的见解与心得，多视角地展示诗歌创作的各种特质，有很高的学术价值，成为赏析与研究古诗的重要参阅资料。本书在前人诗话的基础上，依据时代特点与当今的阅读需求，谈个人习读古诗的一些心得体会。笔者希望在这套书中，自己像一个导游，陪同读者朋友们，一起行进在中国三千余年风光旖旎的诗歌旅程中，去体察先祖的审美与情感，去感受中国古代诗歌无与伦比的魅力，故名之为《古诗行旅》。

这套书的编写以传承与弘扬中华传统文化为宗旨，在全民读书的热潮中，努力营造习读古诗的氛围，以突出古诗文化内涵为特色，打造一个习读古诗、提升文化素养的平台，为青年学生和广大文学爱好者提供实用的古诗认知和欣赏读本。本书按历史朝代分编"诗经""楚辞""汉诗""魏晋南北朝诗""唐诗""宋辽金诗""元明诗""清诗"等八个模块，共选编有代表性和典型性、有时代文化特色的近700首广为流传的著名诗篇，读后可以从中窥见中国古典诗歌的基本面貌和独有特色。

本书的编写，力求通俗易懂，深入浅出，摆脱学究气，增强趣味性，拉近古诗与现代生活的距离。书中每一历史朝代的诗选部分，都编有"概述"，对一个时代的诗歌发展及独有特色，作概貌介绍；对一些有深远影响的诗人，从作品篇目的选择与编排上，就体现诗人的"人生轨迹线"，沿着这条"线"，逐步深入地了解诗人的人生、人品、人格以及他的诗。每首原诗下，编有如下栏目：

【题解】介绍诗的产生背景及基本立意，作为读诗导语。

【释疑】注音，解词，疏通语句，解释有关文化知识，排除阅读障碍。

【阅读思路】指出阅读的难点、要点及阅读方法，点明诗眼，启发读者思考，培养独立阅读能力。

【今译】采用诗的形式，将文言译成白话。因为译的是诗，译文力争音韵和谐，节奏明快，体现原诗的诗意，诗情、诗味。

【赏析】对古诗的赏析，主要侧重两个方面，一是知人论世：每一首成功的诗，都是"在心为志（感情），发言为诗"，都是有所感而发，不是附庸风雅，更不是无病呻吟，因而要读懂一首诗，先要了解诗人这个人，以及诗人所生活的时代，知其人，论其世，才能准确把握诗的内涵。二是内容与形式的统一，即侧重解析不同诗人不同的风格，比如李白的飘逸，杜甫的沉郁，王维的恬淡，李商隐的隐深，苏轼的潇洒，陆游的率真等，都带有时代与个人思想感情的印痕，与他们的诗所写的内容高度统一。了解了这些，方知道所谓风格，实际是诗人思想感情的内化与升华。

【阅读延伸】拓展与本诗有关的资料，加深对诗的认知，扩大读者的知识面，包括名家点评、掌故咀英、文坛逸事、经典温读等。

【阅读思路】与【阅读延伸】两栏目不是每首诗都有，有话则多说，无话则阙如。

我终生从事教师职业，教过中学，又教过大学，我了解学生和诗歌爱好者对古典诗歌的学习需求，也了解他们欣赏古诗的兴奋点与存在的困难。因此本书的编写多运用读者容易接受的聊天方式，释词解句，领悟诗意，赏析诗境，将一些不易懂的寓意内涵陈述于事例中，同读者一起如切如磋、如琢如磨地读懂每首诗，也享受每首诗。希望能对读者古诗阅读能力的提高和文化素养的提升，有所助益。能否如愿，还有待读者批评。

编写过程中，参阅了一些前人对诗歌的解析，无法一一注明，在此一并致。

目　录

四、魏晋南北朝诗

诗　经

《诗经》是我国第一部诗歌总集，共305篇，故又称作《诗三百》，都是周代的诗，春秋时期就广为流传。开始是口耳相传，孔子曾用它作为授徒的教材。原本叫作《诗》，《论语》中多处提到它，都以《诗》称之。汉以后，尊儒崇孔，将这本诗集奉为"经"，才有了《诗经》的称谓。

写法上，《诗经》以四字句为主，多采用重章叠句的形式，反复吟唱，表现手法多用赋、比、兴。"赋"是"敷陈其事而直言之也"，即通常说的记叙；"比"是"以彼物比此物也"，即通常说的比喻；"兴"是"先言他物以引起所咏之词也"，即通常说的起兴。《诗经》中的《风》，大多是劳动人民的集体创作，是"饥者歌其食，劳者歌其事"的现实生活产物，充满着现实主义精神，成为后世现实主义诗歌创作的源头。

《诗经》在封建社会被看作"经夫妇，成孝敬，厚人伦，美教化，移风俗"的经典，过分夸大了它的教化作用，直至现代，《诗经》才得以从"经"的灵光圈中解脱出来，恢复其"诗"的本来面目。我们重视《诗经》，是重视诗歌的源头，重视其现实主义传统，何况它的优秀篇章，思想上艺术上都达到了很高境界。不过"三百篇"毕竟是诗家滥觞，刚刚成型，有些篇章稚拙粗糙，在所难免，加之语言障碍，翻开《诗经》，几乎每一句都有不认识的字，这不能不影响人们读《诗经》的兴趣。我们对《诗经》，不必崇敬其为"经"，也不必畏惧其艰涩，只把它作为诗歌源头，拿本字典，慢慢读去，自然能逐步认识其原有的瑰丽面目，也自然能从中获得充分的美的享受。

1. 关 雎（周南）

关关雎鸠①，在河之洲。
窈窕淑女②，君子好逑。

参差荇菜③，左右流之。
窈窕淑女，寤寐求之④。

求之不得，寤寐思服⑤。
悠哉悠哉⑥，辗转反侧。

参差荇菜，左右采之。
窈窕淑女，琴瑟友之⑦。

参差荇菜，左右芼之⑧。
窈窕淑女，钟鼓乐之⑨。

【题解】

　　《诗经》中的诗，原本无诗题，大多用诗开头的几个字作为题目，比如《关雎》。这首诗写一位男子对一位女子的追求与思念。共5节20句，4句为1节。标明"周南"，是说这首诗产生于周南（今陕西、河南之间）。

【释疑】

　　① 关关：象声词，模拟水鸟的叫声。雎鸠（jū jiū）：一种水鸟，

据说这种鸟生有定偶，从不乱配，人们常用这种鸟象征男女间爱情的纯洁忠贞。

② 窈窕（yǎo tiǎo）：文静美好。淑女：品德贤惠善良的女子。君子：通常有两种含义，一是对有道德有涵养男子的尊称，二是妻子对丈夫或女子对恋人的爱称。逑（qiú）：配偶。

③ 参差（cēn cī）：长短不齐。荇（xìng）菜：一种可食用的水生植物。流：摘取。

④ 寤：醒来。寐：睡着。

⑤ 思服：即思念。服，助词，无义，用于调整音节。

⑥ 悠哉：久久思念的样子。辗转：翻来覆去。反：翻身。侧：转身。

⑦ 友：友好，亲近。

⑧ 芼（mào）：挑选。

⑨ 乐（lè）：在这里作动词用，使欢乐。

【阅读思路】

1. 男子对女子的"思念"是本诗的结构线索，读一读，想一想，每一节"思念"的内容是什么？这种"思念"相互间的关系是怎样的？

2. 本诗用"关关雎鸠"开头，这是一种什么手法？

3. "窈窕淑女"在诗中反复出现四次，"参差荇菜"在诗中反复出现三次，"左右流之""左右采之""左右芼之"三句仅有一字之差，这又是一种什么表现手法？

【今译】

　　一对欢快鸣叫的雎鸠，合唱在水中绿洲。

　　文静漂亮的女郎啊，是俊俏小伙儿的最佳配偶。

有长有短的新鲜荇菜，左一把右一把顺手可摘。

文静漂亮的女郎啊，醒时和梦中都想把她娶来。

美好姻缘不易如愿啊，醒时和梦中苦苦把她思念。

久久地呀思念不断，翻过来掉过去难以入眠。

有长有短的新鲜荇菜，左一把右一把顺手可采。

文静漂亮的女郎啊，弹琴奏乐让她笑逐颜开。

有长有短的新鲜荇菜，左一把右一把选好的采。

文静漂亮的女郎啊，鼓乐齐鸣把她娶过来。

【赏析】

这是一首恋歌，全诗都写男子对女子的思念。"思念"是诗的感情基调，也是结构线索。第一节的思念，是说相中了；第二节的思念，是说想求婚了；第三节的思念，是说苦苦单相思了；第四节的思念，是说想采取行动向女子示爱了；第五节的思念，是说想敲锣打鼓把女子娶过来了。这种"思念"，一层深似一层，一层比一层热烈，最后在娶亲的乐鼓声中达到高潮。你瞧，这个小伙子是多么的多情啊。用"关关雎鸠"开头，是《诗经》常用的表现手法，叫"兴"。这种手法的好处是，在进入正题之前，"先言他物"，营造一种氛围，显示男女间的爱情如雎鸠鸟那样纯洁而忠贞。"窈窕淑女"出现四次，"参差荇菜"出现三次，"流之""采之""芼之"仅差一字，也是《诗经》常用的表现手法，叫"重章叠句"。这种手法不是单纯的重复，而是用同一旋律反复刺激读者的大脑，加深印象，也加强气氛。这是民歌常用的一种手法，比如现代民歌《送情郎》，反复唱"送郎送到大门东""送郎送到大门西""送郎送到大门南""送郎送到大门北"，以表现女子的痴情。

【阅读延伸】

　　《雎鸠》是《诗经》的首篇，历来受到人们的重视，出现多种多样的评论。孔子对《雎鸠》的评价是"乐而不淫，哀而不伤"；《毛诗序》对《雎鸠》的评价是"后妃之德也"，而且要用这种"后妃之德"，对百姓"风以动之，教以化之"。孔子的评价着眼于风格，《毛诗序》则谈的是"政治标准"。《雎鸠》本是一首民歌，硬将它与"后妃之德"扯到一起，显然是一种封建伦理说教，是"突出政治"的产物。新中国成立后，有人说《雎鸠》表现的是劳动人民的高尚爱情观，这也有些政治化了。其实《雎鸠》很可能是文人作品，从诗中所用的"淑女""君子"这样的词语看，这首诗表现的应该是上层男女的爱情。

　　请说说你个人对这首诗的评价。

2. 芣 苢（周南）

采采芣苢，薄言采之①。
采采芣苢，薄言有之②。

采采芣苢，薄言掇之③。
采采芣苢，薄言捋之④。

采采芣苢，薄言袺之⑤。
采采芣苢，薄言襭之⑥。

【题解】

这是一首妇女们在采集野菜时唱的劳动歌。芣苢（fú yǐ），一种野菜，又名车前子，相传吃了可令妇女多生子。闻一多先生说此诗"是母性本能的最赤裸最响亮的呼声。"

【释疑】

① 薄：发语词，无义。

② 有：指采到芣苢。

③ 掇（duō）：拾取。

④ 捋（luō）：从芣苢茎上把叶捋下来。

⑤ 袺（jié）：手持衣襟装物。

⑥ 襭（xié）：把衣襟插在腰带里兜物。

【阅读思路】

这首诗同《关雎》一样，采用反复咏唱的手法，全诗只有六个字变换。思考一下这种手法对表现诗歌内容的作用。

【今译】

> 车前子啊采呀采，快来采啊快来采。
> 车前子啊采呀采，把它采到手中来。
>
> 车前子啊采呀采，快快把它拾起来。
> 车前子啊采呀采，把它叶子捋下来。
>
> 车前子啊采呀采，快用衣襟装起来。
> 车前子啊采呀采，再用衣襟兜回来。

【赏析】

这是一首妇女们在劳动中唱的歌，类似后来的劳动号子，全诗三章八句，虽只有六字变换，却写出了采芣苢的劳动全过程，同时表达了妇女们在劳动中的欢快心情。第一章写开始采，第二章写又"掇"又"捋"，劳动很紧张。第三章写紧张劳动后，高兴地用衣襟把采得的芣苢兜回家。方玉润《诗经原始》分析说："读者试平心静气，涵咏此诗，恍听田家妇女，三三五五，于平原绣野，风和日丽中群歌互答，余音袅袅，若远若近，忽断忽续，不知其情之何以移而神之何以旷。"方是评这首诗的欢快情调；吴师道评此诗"终篇言乐，不出一乐字，读之自见意思。"吴是评这首诗的艺术特点，但吴没有说这一艺术特点是如何形成的。这一艺术特点的取得，完全靠反复吟唱的手法，在"采采芣苢"的反复重叠中，通过由"采"而"有"，而"掇"，而"捋"，而"袺"，而"襭"六个连续动作，展示了妇女们越采越欢快的心情，是用动作传情。而且六句诗只变换六个字，完全体现了劳动号子的特点。

【阅读延伸】

　　反复咏唱，复沓重叠，是民歌常用的表现手法。这种表现形式不是简单的重复，而是在重叠中写出层次，写出发展。如《关雎》，通过"关关雎鸠"的反复咏唱，写出了男子对淑女从思念到追求、到求婚、到迎娶的过程。再如《芣苢》，通过"采采芣苢"的反复咏唱，写出了采芣苢从采到有、到掇、到捋、到袺、到襭的过程。这种过程是循序渐进，一层深一层，最后达到高潮，反映了事物发展的本来面目。另外，这种重叠与民歌的歌唱有关，它用同一曲谱、同一节奏，用往复循环的旋律，声词相配，表现人物的情感。

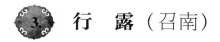

3 行 露（召南）

厌浥行露①，岂不夙夜②，谓行多露③。

谁谓雀无角④，何以穿我屋？
谁谓女无家，何以速我狱⑤？
虽速我狱，室家不足⑥。

谁谓鼠无牙，何以穿我墉⑦？
谁谓女无家，何以速我讼⑧？
虽速我讼，亦不女从⑨！

【题解】

这首诗写一位父亲从法律角度，拒绝一个男人强行逼他女儿为妻。在众多的反映婚姻问题的诗中，取材很新颖，独树一格。召南：今河南、湖北之间。

【释疑】

① 浥（yì）：潮湿。行露：道上的露水。

② 夙（sù）夜：天还没亮的时候。

③ 谓：同"畏"。

④ 角：指鸟嘴。

⑤ 速：逼迫的意思。

⑥ 室家：指结婚成家。

⑦ 墉（yōng）：墙。

⑧ 讼：诉讼。

⑨ 女从：顺从你，答应你。女，同"汝"，你。

【今译】

我厌恶湿漉漉的晨露，岂是早起不上路，
是怕晨露湿衣服。

谁说麻雀没有嘴，为何啄破我房屋？
谁说我女儿没婆家，逼我到牢狱受茶毒。
虽然你逼我牢狱受茶毒，强娶我女儿理不足。

谁说老鼠没有牙，为何咬透我家墙？
谁说我女儿没成亲，为何逼我上公堂？
虽然你逼我上公堂，要顺从你是妄想。

【赏析】

这首诗用一位父亲自述的方式，展示了逼婚与拒婚的矛盾。全诗分三章，第一章用"行露"起兴，用"谓多露"表示不愿与逼婚的人打交道。第二章用"雀"比喻逼婚者，用"穿我屋"比喻此人对自己的迫害，质问他为什么要强娶我女儿，并把我送进监狱？表示即使送我进监狱，你强娶我女儿也没有道理。第三章用"鼠"比喻逼婚者，用"穿我墉"比喻此人对自己的迫害，质问他为什么把我送上公堂？表示即使送我上公堂，也绝不向你屈服。这位父亲从法律角度对逼婚者的无耻行为进行愤怒的控诉，表现了主人公的无所畏惧，也表现了对逼婚者的无比厌恶。所用比喻恰当贴切，全诗跌宕起伏又一气贯之，显示了有理走遍天下的法律觉醒。这个逼婚者是什么人？诗中没说，肯定是个有权有势者。

【阅读延伸】

　　前人对这首诗的解释众说纷纭，余冠英先生的解释最为合理。余先生说："一个强横的男子要娶一个已有夫家的女子，并且以打官司作为压迫手段。女子的家长并不屈服，这诗就是他给对方的答复。诗的大意说：你像麻雀和老鼠似的害了我，教我吃官司，但是谁不知道我的女儿已经许了人家？你要娶，你可没有充足的法律根据。我拼着坐牢也不依从你。"余先生的解释通俗明白，抄录于此，供大家参阅。

4 静 女（邶风）

静女其姝，俟我于城隅①。

爱而不见，搔首踟蹰②。

静女其娈③，贻我彤管。

彤管有炜，说怿女美④。

自牧归荑，洵美且异⑤。

匪女之为美⑥，美人之贻。

【题解】

这是一首男女幽会的定情诗，共 3 节 12 句，每 4 句为 1 节。标明"邶风"，是说这是产生于邶（bèi）国的民歌。邶，今河南汤阴一带。

【释疑】

① 静：娴静。姝：漂亮。俟（sì）：等候。城隅：城墙的角落。

② 爱：同"薆"，躲藏。搔首：挠头。踟蹰（chí chú）：徘徊。

③ 娈（luǎn）：年轻美丽。贻（yí）：赠送。彤管：红色的乐器。

④ 炜：红色光泽。说怿（yuè yì）：喜悦。说，同"悦"。女：同"汝"，指彤管。

⑤ 牧：城外。归：同"馈"，赠送。荑（tí）：一种带有香味的白茅草，象征订婚聘礼。洵：确实，真的。异：特殊，不一般。

⑥ 女：同"汝"，指白茅草。

【阅读思路】

1. 《雎鸠》写的是男人思念女人,《静女》写的是男女二人幽会。沿着这一思路,读读,想想,看三节诗都写了些什么。

2. 这首诗的第一节写得很有情趣,咂摸咂摸,是一种什么情调?在风格上与《关雎》有什么不同?

【今译】

> 娴静姑娘一朵花,约我幽会在城角下。
>
> 故意藏着不见面,急得我跺脚挠头发。
>
> 娴静姑娘情缠绵,赠我一只红笛管。
>
> 笛管闪闪放红光,如获至宝好喜欢。
>
> 牧场采来白茅草,确实珍贵又稀少。
>
> 不是茅草价钱高,姑娘情义无价宝。

【赏析】

这是一首牧歌式的恋歌,一对恋人在城角幽会,互赠信物,表达爱情。第一节写男子没见到恋人的焦急心态,写得很逼真、诙谐,带有戏谑情调和喜剧色彩。第二节写女子向男子赠送信物,表达爱情;第三节写男子向女子赠送信物,表达爱情。三节诗写了幽会的全过程,创造了一种很欢快的场景。这首诗没用"比""兴"手法,完全用"赋"的手法叙事,在叙事中,表现人物的心理活动。

【阅读延伸】

对有人物描写的诗,分析之前,应依据诗中的有关词语,确定人物的身份,准确地把握诗的原意。离开具体词语,妄加猜度,那是望空扑影。这首诗,男女互赠的信物是"彤管"与"荑"(茅草),可见这是一对平民男女,他们的感情很朴实,他们之间的戏谑

（爱而不见，搔首踟蹰）也很平民化。这不由让我们想起了一首东北民歌："大姑娘美来大姑娘浪，大姑娘走进了青纱帐……郎呀郎，你在哪疙瘩藏?"看来"爱而不见"是平民男女常做的爱情游戏，朴实无华，情真意浓。

5. **式　微**（邶风）

> 式微，式微，胡不归^①？
>
> 微君之故，胡为乎中露^②？
>
> 式微，式微，胡不归？
>
> 微君之躬^③，胡为乎泥中？

【题解】

这首诗写一个服劳役的人对国君发出怨愤之词。共 2 节 4 句，每两句为 1 节。

【释疑】

① 式：发语词，无义。微：天黑了，黄昏。胡：为什么。归：回家。

② 中露：倒装词，在露中的意思。

③ 躬：身体，这里指"君"。

【今译】

> 天就要黑了，就要黑了，为什么还不放工？
>
> 要不是你的缘故，我怎会在露水中喝西北风？
>
> 天就要黑了，就要黑了，为什么还不放我回家？
>
> 要不是为了你，我怎会在泥水里滚爬？

【赏析】

这首诗仅两节，采用复唱形式，两节内容基本相同，都是服劳役者发出的抗议。从这首诗可以看出，服劳役是统治者剥削劳动人民的一种方式，是强制性的，必然遭到人民的痛恨。这首诗口语色彩很浓，是即兴之作，服劳役者一边干活，一边发出怨恨声。这表明，《国风》大多是平民百姓的口头创作。

【阅读延伸】

在封建时代，《诗经》是很流行的。据《世说新语》记载，西汉的经学家郑玄，不仅自己熟读《诗经》，还要求他的奴仆们都要熟读《诗经》，谁要不认真读，要施以鞭挞。有一女婢因此被罚跪在泥水中，另一女婢引用《式微》中的诗句问："胡为乎泥中?"被罚的女婢答："薄言往愬，逢彼之怒"（我去向他诉苦，正碰上他发脾气）。这是《诗经·柏舟》中的两句。你瞧，连郑玄家的女婢都能"活学活用"《诗经》，可见《诗经》受人重视之程度。

风 雨（郑风）

风雨凄凄，鸡鸣喈喈①。

既见君子，云胡不夷②？

风雨潇潇，鸡鸣胶胶③。

既见君子，云胡不瘳④？

风雨如晦，鸡鸣不已⑤。

既见君子，云胡不喜？

【题解】

这是产生于郑国（今河南东部）的一首民歌。春秋时期，郑国一直不安定，从这首诗也可以看出社会的动乱。共 12 句，每 4 句为 1 节。

【释疑】

① 喈喈（jiē）：鸟叫声。

② 云胡：为何，怎么。夷：平，这里指心情平静。

③ 胶胶（jiāo）：声音杂乱。

④ 瘳（chōu）：病痊愈了。

⑤ 晦（huì）：昏暗。已：停止。

【阅读思路】

1. 这首诗写一个妇人的自言自语，她都想了些什么？为什么会有这样的想法？反映了怎样的社会现实？

2. 诗中的妇人反复说"云胡不夷""云胡不瘳""云胡不喜",从字面看,心情是愉悦的。实际情况是这样吗?这是什么表现手法?

【今译】

> 风雨交加冷凄凄,天色阴暗鸡乱叫。
> 终于见到丈夫面,我心怎能不如意?
>
> 风雨交加声潇潇,鸡鸣仍然声错乱。
> 终于见到丈夫面,我病怎能不痊愈?
>
> 风雨交加天昏暗,天色阴暗雄鸡啼。
> 终于见到丈夫面,我心怎会不欢喜?

【赏析】

这首诗写一个妻子见到丈夫时的心情。丈夫回家,夫妻见面,应该说是很平常的事。这个妻子见到丈夫,又是"云胡不夷",又是"云胡不瘳",又是"云胡不喜",好像喜出望外,甚至一咏而三叹之。对这种平常事情,她为什么如此激动?心情为什么如此复杂?可见丈夫很难回家,又很长时间没有回家。丈夫干什么去了?诗中没说。实际上不用说,不是当兵,就是服劳役去了,都是九死一生的事。丈夫好不容易回来了,妻子的心情当然是喜,但喜中含着大悲。这首诗的背后,隐藏着社会动乱、妻离子散的悲惨现实。

【阅读延伸】

我国朴素唯物主义的一位集大成者王夫之(明末清初人)谈表现手法时曾说:"以乐景写哀,以哀景写乐,一倍增其哀乐。"《风雨》诗就是"以乐景写哀"。丈夫九死一生回来,夫妻会面,表面的欢乐隐含着巨大悲哀。这是表现手法的辩证法,其功能确如王夫之所说,"一倍增其哀乐"。

硕 鼠（魏风）

硕鼠硕鼠，无食我黍①。

三岁贯女，莫我肯顾②。

逝将去女，适彼乐土③。

乐土乐土，爰得我所④。

硕鼠硕鼠，无食我麦。

三岁贯女，莫我肯德⑤。

逝将去女，适彼乐国。

乐国乐国，爰得我直⑥。

硕鼠硕鼠，无食我苗。

三岁贯女，莫我肯劳⑦。

逝将去女，适彼乐郊。

乐郊乐郊，谁之永号。

【题解】

这是一首控诉剥削者的诗，共24句，每8句为1节。这首诗多年选入中学语文教材。魏，今山西南部一带。

【释疑】

① 硕鼠：大老鼠，比喻剥削者。无：同"毋"，不要。黍：谷物。

② 三岁：指多年。女：同"汝"。顾：顾念，照顾。

③ 逝：同"誓"。去：离开。适：往，到。

④ 爰（yuán）：才。

⑤ 德：恩德，这里作动词用，感谢的意思。

⑥ 值：价值。

⑦ 劳：慰劳。

【阅读思路】

1. 这首诗揭露了剥削者不劳而获与贪得无厌的本质。每节八句，写了两个内容，分析一下，前四句写什么？后四句写什么？

2. 这首诗运用了什么表现手法？

3. 你如何看诗中提出的"乐土""乐国""乐郊"？

【今译】

　　　　大老鼠啊大老鼠，你不要再吃我的谷黍。
　　　　我多年养活着你，你对我却没有半点照顾。
　　　　我发誓要离开你，去到那理想的乐土。
　　　　乐土啊乐土，那里才是我的安身之处。

　　　　大老鼠啊大老鼠，你不要再吃我的小麦。
　　　　我多年养活着你，你对我却没有半点关爱。
　　　　我发誓要离开你，去到那理想的乐国。
　　　　乐国啊乐国，那里才是我的安身之所。

　　　　大老鼠啊大老鼠，你不要再吃我的禾苗。
　　　　我多年养活着你，你对我却没有半点慰劳。
　　　　我发誓要离开你，去到那理想的乐郊。
　　　　乐郊啊乐郊，谁还能再长期悲号。

【赏析】

　　《硕鼠》是《诗经》中阶级观念最强、斗争性最犀利的诗篇。

说它阶级观念强，因为它对剥削者的揭露直接、深刻；说它斗争性犀利，因为它要与剥削者决裂，"逝将去女，适彼乐土"。全诗分三节，每节八句，含两层意思，前四句直斥剥削者的贪婪，后四句写自己对美好生活的向往。"三岁贯女，莫我肯顾"，提出了一个谁养活谁的严肃问题，标志着劳动者的觉醒。"逝将去女"是对剥削制度的挑战，"适彼乐土"是对美未来的向往。这是这首诗深刻含义的所在。全篇用比喻的写法，把剥削者比作大老鼠，既贴切，又形象。你瞧那些达官贵人们，一个个饱食终日，无所事事，养得肥头大耳，肠满肚圆，不活脱脱地像只大老鼠吗？

【阅读延伸】

《毛诗序》说："《硕鼠》，刺重敛也。"这看法是对的。陈子展先生分析说："硕鼠性贪而食黍，食黍未足又食麦，食麦未足复食苗。苗者，禾方树而未秀者也。食至于此，其贪残甚矣。"这分析很深刻。"无食我黍""无食我麦""无食我苗"，不仅仅是反复咏唱，而且意思层层深入。诗中对"乐土""乐国""乐郊"的憧憬，虽然很朦胧，但这是古代诗歌中，最早表现出来的乌托邦思想，是后来桃花源式诗歌的先声。它起码表现了对美好生活的向往，以及与剥削者决裂的决心。与这首诗称为姊妹篇的还有《伐檀》，同样揭露剥削者不劳而获的罪恶嘴脸，可以找来读读。

8. 氓（卫风）

氓之蚩蚩，抱布贸丝①。
匪来贸丝，来即我谋②。
送子涉淇，至于顿丘③。
匪我愆期④，子无良媒。
将子无怒，秋以为期⑤。

乘彼垝垣，以望复关⑥。
不见复关，泣涕涟涟。
既见复关，载笑载言⑦。
尔卜尔筮，体无咎言⑧。
以尔车来，以我贿迁⑨。

桑之未落，其叶沃若⑩。
于嗟鸠兮，无食桑葚⑪。
于嗟女兮，无与士耽⑫。
士之耽兮，犹可说也⑬。
女之耽兮，不可说也。

桑之落矣，其黄而陨⑭。
自我徂尔⑮，三岁食贫。
淇水汤汤，渐车帷裳⑯。

女也不爽，士贰其行^⑰。

士也罔极，二三其德^⑱。

三岁为妇，靡室劳矣^⑲。

夙兴夜寐，靡有朝矣^⑳。

言既遂矣^㉑，至于暴矣。

兄弟不知，咥其笑矣^㉒。

静言思之，躬自悼矣^㉓。

及尔偕老^㉔，老使我怨。

淇则有岸，隰则有泮^㉕。

总角之宴，言笑晏晏^㉖。

信誓旦旦，不思其反^㉗。

反是不思，亦已焉哉^㉘！

【题解】

　　这是首叙事诗，采用一个弃妇自泣自述的形式，讲述了自己不幸的婚姻，从恋爱到结婚到被弃，情节较完整。共 60 句，每 10 句为一节。卫，今河南淇县一带。

【释疑】

　　① 氓：古时对年轻壮汉的通称，不是现代意义的流氓。蚩蚩（chī）：笑嘻嘻的样子。贸：交换。

　　② 匪：同"非"。即：接近。谋：商量，这里指商量婚事。

　　③ 子：指诗中的男子。涉淇：渡过淇河。顿丘：地名。

　　④ 愆（qiān）：耽误。

⑤ 将（qiāng）：请，希望。秋以为期：即"以秋为期"，把婚期订在秋天。

⑥ 乘：登上。垝（guǐ）：坍塌。垣（yuán）：墙。复关：地名，男子居住的地方。

⑦ "载……载……"：是一个固定句式，意思是"又……又……"。

⑧ 尔：你。卜、筮（shì）：都指占卜、算卦。体：卦体，即卦中的言词。咎言：不吉利的言词。咎，过错。

⑨ 贿迁：指把嫁妆送来。贿，财物。

⑩ 沃若：肥大而有光泽。

⑪ 于嗟（xū jiē）：感叹词。鸠：斑鸠鸟。葚（shèn）：桑树的果实。

⑫ 耽（dān）：迷恋。

⑬ 说：同"脱"，摆脱。

⑭ 陨（yǔn）：凋落。

⑮ 徂（cú）：往，去，指出嫁。

⑯ 汤汤（shāng）：水势很大的样子。渐（jiān）：浸湿。帷裳：车上的帷幔。

⑰ 不爽：没有过错。士贰其行：男的前后行为不一样。贰，同"二"。

⑱ 罔极：没有准则，即行为不正。罔，没有。极，标准。二三：一会儿二一会儿三，指不专一，变化无常。

⑲ 靡室劳矣：不仅仅干室内的活儿，意思是除家务事外，还要干其他的活儿。

⑳ 夙兴夜寐：早起晚睡。靡（mǐ）有朝矣：不只是一天，意思是天天起早贪黑。靡，没有。

㉑ 言：指男人婚前说的话。遂：遂心。

㉒ 哂（xī）：张大嘴巴笑。

㉓ 静言思之：静下心来想想从前的话。躬自悼矣：自己伤心自己。

㉔ 及尔：与你。偕（xié）老：一同到老。

㉕ 隰（xí）：低洼潮湿的沼泽地。泮：同"畔"，边缘。

㉖ 总角：童年。宴宴：安详。宴，快乐。

㉗ 信誓：起誓。旦旦：诚恳的样子。其反：违背自己的誓言。

㉘ 反是不思：不念旧情。已：停止，指结束夫妻关系。

【阅读思路】

1. 这是首叙事诗，有人物，有情节。请依据情节发展，对比诗中一男一女的表现，来理解这首诗。

2. 这首诗是用第一人称写的，以叙事为主，叙事中有抒情，有议论。可分别从叙事、抒情、议论三个方面，来分析诗的主题思想。

3. 这首诗也运用了一些比喻，对比一下，它与前面几首诗的比喻有什么不同？

【今译】

那条汉子笑嘻嘻，抱着葛布来换丝。

不是真心来换丝，是向我求婚做夫妻。

我送他渡过淇水河，一直送到顿丘地。

不是我故意拖婚期，没有媒人难成礼。

请你千万别着急，秋天是成婚的好日期。

登上高高旧城垣，那人远远在复关。

复关太远望不见，急得我两眼泪涟涟。

远见小伙儿复关来，又说又笑两相欢。

你说占卜算了卦，卦辞说是好姻缘。

你赶着马车来迎亲，嫁妆搬到车上边。

高高一棵大桑树，枝繁叶茂遮着天。
求求你呀斑鸠鸟，莫要贪吃桑葚甜。
哎呀哎呀女孩子，莫要迷恋美少男。
男人迷恋女孩子，过后丢在脑后边。
女人迷恋男孩子，要想摆脱难上难。

桑叶经霜渐飘零，又枯又黄斗北风。
自从嫁到你家来，多年吃苦受贫穷。
淇水汤汤波涛涌，每逢过河湿车篷。
我一心一意无过错，你却变心改初衷。
做人如果忘了本，三心二意无德行。

做你妻子已三年，忙里忙外无空闲。
日出干到日西落，半夜三更不入眠。
你的心愿已满足，拳打脚踢做报还。
兄弟不知我的苦，笑我为妇心不贤。
思来想去怪罪谁，自己伤疤自己舔。

曾经相约共偕老，现在想起心悲酸。
淇水浩浩仍有岸，沼泽再大也有边。
当年也曾有欢笑，欢笑一去不复返。
你信誓旦旦说谎话，丧失良心敢欺天。
你既违约不念旧，咱一刀两断无牵连。

【赏析】

这是一首叙事诗，通过女主人的自述，交代了她与氓从恋爱、结婚到被遗弃的全过程。学习这首诗，先把两人的品格做一对比。

女子是忠于爱情的：恋爱时，"送子涉淇"，表明爱情比水深；思念时，"泣涕涟涟"，表明感情真挚；见到男子，"载笑载言"，表明感情炽烈；出嫁后，"三岁食贫"，任劳任怨，表明爱情专一；被遗弃后，还"静言思之，躬自悼矣"，表明性格善良。对比一下，男子就现出了虚伪与残暴的嘴脸。求婚时，脸上"蚩蚩"，嘴上甜甜，嘴上说"尔卜尔筮，体无咎言"，多么虚伪；迎娶时，"以尔车来，以我贿迁"，赶着车来拉嫁妆，多么贪婪。但婚后，就"士贰其行"，"二三其德"，甚至"至于暴矣"，多么善变，又多么凶狠。这一对比，美与丑，正与邪，真诚与虚伪，善良与残暴，都显示出来了，诗的主题也揭示出来了：揭露男女不平等的社会现实，谴责专制的夫权，同情妇女的不幸遭遇。正如一首老歌所唱的那样："旧社会，黑咕隆咚的枯井万丈深，井底下压着咱们老百姓，妇女在最低层。"

本诗以叙事为主，叙事中有抒情，比如"泣涕涟涟""载笑载言"的直接抒情，"于嗟鸠兮，无食桑葚""淇水汤汤，渐车帷裳"的间接抒情，都增添了诗的感染力。还有"士之耽也，犹可说也；女之耽也，不可说也"的议论，是总结婚姻失败的教训，作为对同龄妇女的警策告诫。这首诗的比喻也与前面几首诗有所不同，前面几首诗大多是形象比喻，如"雎鸠""硕鼠"。这首诗的比喻更具象征性，如用桑叶的变化，象征女主人境遇的不同。

我国先秦古诗，很少有篇幅较长的叙事诗，《氓》较为优秀，开启了后来长篇叙事诗如《孔雀东南飞》《长恨歌》《琵琶行》等的先河。

【阅读延伸】

这类诗叫作"弃妇诗"，反映旧社会男女不平等，妇女遭遗弃的社会现实。在文学作品中，这是一个常见题材，元明以来，更向戏剧体裁发展，出现了许多优秀的传统剧目，如大家都熟知的《秦香莲》《金玉奴》《琵琶记》《杜十娘》等。不过到了戏剧里面，往往在悲剧后加一个光明结尾，往往由一个清官出来惩治无情无义的男人，为妇女出气。戏剧是演给人看的，有个光明结尾，符合观众心理。当包拯高喊"开铡"处死陈世美时，台下掌声一片，这反映了人们反对男权专制，并期望司法公平的共同愿望。

9. **相 鼠**（鄘风）

相鼠有皮^①，人而无仪^②。

人而无仪，不死何为！

相鼠有齿，人而无止^③。

人而无止，不死何俟^④！

相鼠有体^⑤，人而无礼。

人而无礼，胡不遄死^⑥！

【题解】

这首诗斥责有些人不文明，指明他们活着没有意义，不如快些死去。鄘，今河南省汲县北。

【释疑】

① 相：看。

② 仪：威仪，尊严。

③ 无止：指举止行为不知羞耻。止，举止行为。

④ 俟（sì）：等待。

⑤ 体：肢体。

⑥ 遄（chuán）：快。

【今译】

看那老鼠还有张皮，瞧你做人没有尊严。

做人如果没有尊严，勉强活着有何意义！

看那老鼠还有牙齿，瞧你做人恬不知耻。

做人如果恬不知耻，不快死去等待何时！

看那老鼠还有肢体，瞧你做人不知礼仪。

做人如果不知礼仪，为何还不快些死去！

【赏析】

有人说这首诗是斥责统治者不讲文明，不知礼仪。如果只是斥责统治者，诗中的这些诅咒性语言，还是恰当的，而且表现得义愤填膺。假如是面向普通群众，应该讲道理，善言相劝，诗中的语言就显得尖刻了，本身就有失文明。语言是有感情色彩的，写诗运用什么语言，要看对象。

10. 七 月 （豳风）

七月流火①，九月授衣②。一之日觱发③，二之日栗烈④。
无衣无褐⑤，何以卒岁⑥？三之日于耜⑦，四之日举趾⑧。
同我妇子⑨，馌彼南亩⑩，田畯至喜⑪。

七月流火，九月授衣。春日载阳⑫，有鸣仓庚⑬。
女执懿筐⑭，遵彼微行⑮，爰求柔桑⑯。
春日迟迟⑰，采蘩祁祁⑱。女心伤悲，殆及公子同归⑲。

七月流火，八月萑苇⑳。蚕月条桑㉑，取彼斧斨㉒。
以伐远扬㉓，猗彼女桑㉔。七月鸣鵙㉕，八月载绩㉖。
载玄载黄㉗，我朱孔阳㉘，为公子裳。

四月秀葽㉙，五月鸣蜩㉚。八月其获㉛，十月陨萚㉜。
一之日于貉㉝，取彼狐狸，为公子裘㉞。
二之日其同㉟，载缵武功㊱。言私其豵㊲，献豜于公㊳。

五月斯螽动股㊴，六月莎鸡振羽㊵。
七月在野㊶，八月在宇㊷，九月在户㊸，十月蟋蟀入我床下。
穹窒熏鼠㊹，塞向墐户㊺。嗟我妇子，曰为改岁㊻，入此室处。

六月食郁及薁㊼，七月亨葵及菽㊽。八月剥枣，十月获稻。

为此春酒(49)，以介寿眉(50)。七月食瓜，八月断壶(51)，九月叔苴(52)，
采荼薪樗(53)，食我农夫。

九月筑场圃(54)，十月纳禾稼(55)。黍稷重穋(56)，禾麻菽麦。
嗟我农夫，我稼既同(57)，上入执宫功(58)。
昼尔于茅(59)，宵尔索绹(60)，亟其乘屋(61)，其始(62)播百谷。

二之日凿冰冲冲(63)，三之日纳于凌阴(64)。四之日其蚤(65)，献羔祭韭(66)。
九月肃霜(67)，十月涤场(68)。朋酒斯飨(69)，曰杀羔羊，跻彼公堂(70)。
称彼兕觥(71)，万寿无疆！

【题解】

这首诗记叙了三千年前农业生产一年的经过，反映了原始部落农奴的生活状况。它是诗，也是有关古代农业生产的宝贵资料。豳(bīn)，今陕西彬县。

【释疑】

① 七月流火：这首诗的记时用的是豳历，豳历即夏历，同今之农历，农历七月已进入秋天。“火”指火星，“流”的意思是火星在天空的位置由上向下移动。“流火”指秋季开始了，天气转凉，不要把“流火”误解为天气炎热。

② 授衣：为贵族制作寒衣。

③ 一之日：指农历十一月，以下“二之日”指农历十二月，“三之日”指农历正月，“四之日”指农历二月。觱（bì）发：寒风劲吹的声音。

④ 栗烈：凛冽，寒气刺骨。

⑤ 褐（hè）：粗布衣服。

⑥ 何以卒岁：依靠什么度过这一年。

⑦ 于耜（sì）：修理犁头。耜，耕地的犁头。

⑧ 举趾：举足下田，指开始田间劳作。趾，足。

⑨ 妇子：老婆孩子。

⑩ 馌（yè）：将饭菜送到田头。南亩：向阳的耕地。

⑪ 田畯（jùn）：掌管土地的官员。

⑫ 载阳：天气转暖。载，语助词，无义。

⑬ 有鸣：鸟叫。有，词头，无义。仓庚：黄鹂。

⑭ 懿筐：深筐，大筐。

⑮ 遵：沿着，顺着。微行（háng）：小路。

⑯ 爰：为。柔桑：嫩桑叶。

⑰ 迟迟：指白天渐渐长了。

⑱ 蘩：草名，即白蒿。祁祁：形容人多。

⑲ 殆：怕。及：与。公子同归：指被贵族公子抢去做婢妾。

⑳ 萑（huán）：荻草。

㉑ 蚕月：养蚕季节。条桑：采桑。

㉒ 斨（qiāng）：方孔的斧头。

㉓ 远扬：指长得又高又长的桑枝。

㉔ 猗：同"倚"，牵着。女桑：女人采桑。

㉕ 鵙（jú）：鸟名，又名伯劳。

㉖ 载绩：纺织。载，语助词，无义。下句的"载玄载黄"是
"又玄又黄"的意思，"载……载……"是一个固定句式，意思是
"又……又……"，现代词语有"载歌载舞"。

㉗ 玄：黑中带红的颜色。

㉘ 朱：红色。孔阳：非常鲜艳。孔，甚。

㉙ 秀葽（yāo）：一种不开花就结果的草本植物，又名远志，可入药。

㉚ 蜩（tiāo）：蝉，知了。

㉛ 八月其获：指八月收割庄稼。

㉜ 陨：落。箨（tuò）：落叶。

㉝ 于貉：指捕捉狐狸。貉，是尾巴较短的狐狸。

㉞ 裘：皮袍。

㉟ 同：会同，指大家一起去打猎（包括捕捉狐狸）。

㊱ 缵（zuǎn）：继续。武功：指练习打猎的本领。

㊲ 言私：归自己。豵（zōng）：小野猪。

㊳ 豜（jiàn）：大野猪。

㊴ 斯螽（zhōng）：蚱蜢。动股：抖动腿发出叫声。

㊵ 莎鸡：一种小虫，又名促织，即蟋蟀。振羽：抖动翅膀发出叫声。

㊶ 在野：指蟋蟀在田野鸣叫。

㊷ 在宇：指蟋蟀在墙根鸣叫。

㊸ 在户：指蟋蟀在门口鸣叫。

㊹ 穹窒：指堵死墙根的窟窿。穹：空隙。熏鼠：用烟熏老鼠。

㊺ 塞向墐（jín）户：北方农村用柴编门，冬天要用泥封住柴门的缝隙以御寒。墐，用泥涂抹。

㊻ 改岁：指过新年（春节）。

㊼ 郁：一种野李子，果实酸甜可食。薁（yù）：野葡萄，果实同样酸甜可食。

㊽ 亨：同"烹"，用水煮。葵：苋菜，根叶可食。菽：豆角。

㊾ 春酒：指制作春酒。

(50) 介：祝贺。寿眉：指老年人，眉毛长意味着高寿，所以叫寿眉。

(51) 断：采摘。壶：同“瓠”，葫芦。

(52) 叔：拾取。苴（jū）：麻籽。

(53) 荼（tú）：苦菜。薪：煮饭的柴禾。樗（chū）：树名，又叫臭椿。

(54) 圃：菜圃。场：打谷场。

(55) 纳：收藏。

(56) 重（tóng）：同“橦”，先种后熟的谷。穋（lù）：后种先熟的谷。

(57) 我稼既同：指地里的庄稼收拾完了。

(58) 上：同“尚”，还需，还要。执：服役。宫功：修建宫廷。

(59) 昼尔：白天。于：取。茅：茅草。

(60) 宵尔：晚上。索绹（táo）：搓麻绳。绹，绳子。

(61) 亟其乘屋：指赶快修理住屋。亟（qì）：赶快。乘屋：登上屋子。

(62) 其始：指春天之始。

(63) 冲冲：凿冰声。冲，古读 tōng。

(64) 凌阴：藏冰的地窖。藏冰入窖，留待夏天用。

(65) 蚤：同“早”。

(66) 献羔祭韭：古代的一种祭祖仪式。

(67) 肃霜：下霜。

(68) 涤场：收拾净打谷场。

(69) 朋酒：两壶酒。飨（xiǎng）：享受，指一同饮酒。

(70) 跻：登，聚在一起。公堂：农奴举行各种仪式的地方。

(71) 称：举杯。兕觥（sì gōng）：古代用牛角做的一种酒器。

【今译】

七月火星已偏西，九月为人做寒衣。

十一月北风呼啸，十二月寒天冻地。

粗布衣服做不起，如何挨过这冬季？

正月忙着修农具，二月开春忙下地。

老婆孩子也不闲，饭菜送到田地里，田官老爷心欢喜。

七月火星已偏西，九月为人做寒衣。

春日阳光多明媚，自在黄莺恰恰啼。

姑娘手提大竹筐，沿着小路忙下地，

为了养蚕去采桑。春季白天渐渐长，

众人采蒿闹嚷嚷。姑娘心里暗悲伤，只怕公子把人抢。

七月火星已偏西，八月收割芦苇忙。

一进三月修桑条，农夫都把斧头抗。

长老桑条修理掉，好让嫩叶快些长。

到了七月快织布，八月绩麻日夜忙。

麻丝染成黑又黄，朱红色彩甚漂亮，都为公子做衣裳。

四月远志结了籽，五月知了叫唧唧。

八月忙着收庄稼，十月树叶已落稀。

十一月份去捕貉，还得连同捉狐狸，献给公子做棉衣。

十二月众人聚一起，为了打猎练技艺。

捉到小猪自己吃，大猪献到官府里。

五月蚱蜢弹腿响，六月蝈蝈抖翅膀。

七月蟋蟀田间叫，八月房根下面唱，

九月跑到门口鸣，十月到我床下藏。

堵塞墙洞熏老鼠，柴门抹泥防寒霜。

可怜老婆和孩子，眼看就要过大年，搬到屋里度时光。

六月吃野生李子和葡萄，七月煮食苋菜和豆角。

八月份打枣，九月份收稻。

早把春酒酿造好，祝福家里寿星佬。

七月净吃新鲜瓜，八月改吃葫芦瓢。

九月拾取蓖麻籽，煮吃苦菜臭椿作柴烧，农夫还是吃不饱。

九月修好打谷场，十月纳粮进官仓。

早稻晚稻谷子高粱，芝麻豆麦一袋袋装。

我们农夫苦不尽，地里活计才忙完，还要去给官家修厅堂。

白天上山割绳草，夜晚搓绳到天亮。

抽空修修自家屋，开春耕种又要忙。

十二月凿冰震耳响，正月地窖把冰藏。

二月早些祭祖宗，供奉韭菜和羔羊。

九月下霜，十月扫场。买上两壶酒，杀它一只羊。

大家聚公堂，举起牛角杯，祝福彼此万寿无疆！

【赏析】

这首诗内容丰富，共分八章，以农奴口吻反映一年四季的劳动生活。第一章总叙农奴的衣食问题，二、三、四章写衣的问题，五章写住的问题，六、七章写食的问题，八章写一次宴会。全诗按月份记叙，写了农奴全年的辛苦劳动，也写了虫鸟的情态，草木的荣枯。诗以反映农奴衣食的困苦、居住的恶劣、地位的低下为主，揭露奴隶主对奴隶的剥削。男奴要修理农具、耕地、播种、收割、修屋、酿酒、打猎、凿冰藏冰，还要纳粮、服劳役；女奴则要送饭助耕、采桑养蚕、织布绩麻，还要为农奴主做衣服。男女奴隶即使这样终年劳累，仍然衣不暖体，食不果腹，由衷地哀叹"食我农夫""嗟我农夫"。

这首诗凡春耕、夏锄，秋收、冬藏、无所不写，似风俗画，又似月令志，姚际恒《诗经通论》评论说："无体不备，有美必臻，晋唐后陶、谢、王、孟、韦、柳，田家诸诗，从未臻此境界。"诗特别用"田畯至喜""女心伤悲，殆公子同归""为公子裳""为公子裘""豜献于公"，揭露了农奴主对奴隶的压迫与剥削，这是血泪控诉。

诗的最后一章写了农奴"跻彼公堂，称彼兕觥"的宴饮盛况，有人说农奴哪有条件和心情宴饮呢？要知道这是年终，又是祭祖，农奴尽其所有，庆幸自己平安地度过一年，是人之常情，同时增添了诗的人情意味。

《诗经》的常用表现手法有赋、比、兴三种，这首诗多采用赋体，特点是"敷陈其事"和"随物赋形"，仔细吟咏，当有体会。

11. # 伐　木（《小雅》节选）

> 伐木丁丁，鸟鸣嘤嘤①。
>
> 出自幽谷，迁于乔木②。
>
> 嘤其鸣矣，求其友声。
>
> 相彼鸟矣，犹求友声。
>
> 矧伊人矣③，不求友生。
>
> 神之听之，终和且平。

【题解】

　　《伐木》是谈交友的，全诗三节，这里节选第一节。这是《小雅》中的一首诗，《小雅》多是文人作品。

【释疑】

　　① 丁丁（zhēng）：伐木声。嘤嘤：鸟鸣声。

　　② 幽谷：很深的山谷。乔木：高大的树木。

　　③ 矧（shěn）：何况。伊人：这个人。

【今译】

> 砍伐树木声丁丁，鸟鸣林中声嘤嘤。
>
> 小鸟来自深谷里，飞到高高大树顶。
>
> 小鸟嘤嘤相向鸣，寻求朋友知音声。
>
> 何况我们是个人，怎能没有好宾朋。
>
> 神仙知道人相爱，赐予和平与安宁。

【赏析】

　　这首诗用伐木声起兴，引出鸟鸣；再由鸟和谐柔美的鸣叫，用一个反问句，引出交友之道。人而无友，神仙不佑，表达了人们对友谊的渴望。这首诗的后两节，写了如何盛宴招待宾朋。《毛诗序》说："《伐木》，燕（同'宴'，宴请）朋友故旧也。自天子至于庶人（平民百姓），未有不须友以成者。亲亲以睦，友贤不弃，不遗故旧，故民德归厚矣。"这里谈了交友的重要性，并把交友看作民德民风。古人是非常重视交友的，并讲究交友之道。孔子提出的交友标准是"友直、友谅、友多闻"（与正直、诚实、知识渊博的人交朋友）。曾子把"与朋友交而不信乎"，作为每天检查自己的一项内容。儒家提出的"孝（对父母）悌（对兄弟）忠（对国君）信（对朋友）"，被看作"四维"，它确实是维护社会和谐的重要因素。

【阅读延伸】

　　在人们传统观念中，俞伯牙与钟子期的友谊被看作是最高境界，俞伯牙善抚琴，钟子期善辨音，他们同声相应，同气相求，友谊建立在音乐爱好上，毫无私利纠葛，被称作知音，这样的友谊是纯洁的。这首诗以鸟鸣起兴，强调"求其友声"，同样排除友情中的私利因素。

采　薇(《小雅》节选)

　　昔我往矣，杨柳依依①；

　　今我来思，雨雪霏霏②。

　　行道迟迟③，载渴载饥。

　　我心伤悲，莫知我哀。

【题解】

　　《采薇》写戍边士兵返乡途中对战争所发的感慨。原诗共48句，这里选结尾的8句。薇，是一种可食用的野菜。

【释疑】

　　① 依依：迎风飘动的样子。

　　② 思：语气助词，无义，其作用是调整音节。雨雪：下雪，不是"又下雨又下雪"。雨，作动词。

　　③ 迟迟：缓慢。

【今译】

　　　　回想当年去当兵，杨柳迎风在飘动。

　　　　今天我才回故里，大雪飘飘天寒冷。

　　　　道路泥泞慢慢走，饥寒交迫肚内空。

　　　　当兵生活真伤悲，我的伤悲谁能懂。

【赏析】

　　这首诗作于西周时。当时，西周国势日弱，异族纷纷入侵，周王派兵戍边，多年战乱不断。戍边士兵处于矛盾中，一方面要抵御外侵，保卫家乡，一方面又思念亲人，不得回乡。这首诗就写士兵回乡途中的复杂心情。这里选的8句诗，前4句历来受到高度赞赏。有人说"善写物态，慰人情。"有人说："眼前景，口头语，然风致却大妙。"有人说"真情实景，感时伤事，别有深情，非可言喻。"有人甚至赞为"千古绝唱"。我们看这四句诗，它的妙处是王夫之所说的"以乐景写哀，以哀景写乐"。一般的所谓"情景交融"，大多是"情哀则景哀，情乐则景乐"。这四句诗却相反，"昔我往矣"，背井离乡，远赴战场，心情是"哀"的，景色却"杨柳依依"，是"乐"景；"今我来思"，好不容易回到家乡，心情是"乐"的，景色却"雨雪霏霏"，是"哀"景。这种"情"与"景"的不和谐，是一种反衬手法，恰好反映了士兵矛盾复杂的心情，表现手法确实很高妙。后世模仿这四句诗的人很多，如曹植的《朔风》："昔我初迁，朱华未晞（干燥）；今我旋至，素雪云飞。"王瓒的《杂诗》："昔往鸧鹒（黄鹂）鸣，今来蟋蟀吟。"颜延之的《秋胡行》："昔辞秋未素，今也岁载华。"

楚　辞

《楚辞》是我国古代继《诗经》后的又一部诗歌总集，由于这类诗歌形式是在楚国（战国时楚国含湖北、湖南、安徽等广大地区）民歌的基础上形成的，内容多写楚地的风物人情，又多运用楚地方言语汇，所以叫《楚辞》。《楚辞》的代表诗人是屈原，屈原的代表作品是《离骚》，所以又把《楚辞》类的诗歌叫"骚体"。我国诗歌史常将"风""骚"并提，"风"指《诗经》的《国风》，"骚"指《楚辞》，"风骚"成了诗歌的代称。《诗经》与《楚辞》是我国古代诗歌的两大奇峰，也是后世诗歌发展的两大源头；《诗经》现实主义成分浓，《楚辞》则饱含浪漫主义情愫，这开启了后世诗歌创作的现实主义与浪漫主义两大流派。《诗经》与《楚辞》产生的年代相差几百年，所产生的地区一北一南，北"诗"南"骚"，相互辉映，它们是源头不同的两股清流，共同孕育了中国诗歌的长江大河，影响着历代诗歌的创作与发展。清代学者顾炎武说："三百篇（《诗经》）不能不降而楚辞；楚辞不能不降而汉魏；汉魏不能不降而六朝；六朝不能不降而唐也，势也。"顾所说的"势"，就指诗歌的发展源流。

　　《楚辞》多六字句，句中多用"兮"调节音节，汉代的赋直接源于《楚辞》。《文心雕龙》作者刘勰说："然赋也者，受命于诗人，拓宇于楚辞也。"屈原的作品是《楚辞》的主体，数量最多，价值最高。《楚辞》的其他诗人较有名的还有宋玉，宋玉的作品都模仿屈原，我们读《楚辞》，主要读屈原的诗。

【屈原简介】

　　屈原是楚国战国时期杰出的政治家与天才的爱国诗人，出身于与楚国王族同宗的没落贵族家庭，担任过左徒、三闾大夫等职。屈原心系国家人民，志向远大，正直无私，忠诚耿介。屈原生活于楚怀王时代，怀王昏庸，政治黑暗，屈原屡遭权势集团的诬陷打击，多年被放逐在沅、湘之间。他的作品，大多写于被放逐时期，抒发忧国忧民的情怀。公元前 278 年，秦兵攻陷楚国都城，国家将亡，屈原悲愤至极，自沉汨（mì）罗江而死，那一天是农历五月初五，即端午节，又称端阳节，这个节日为纪念屈原而流传至今。

　　屈原的主要作品有《离骚》《九章》《九歌》等，他的诗，以忧国忧民为主题，以自我道德完善为价值观，感情真挚热烈，想象奇伟瑰丽，语言神采飞扬。屈原是爱国主义诗歌的奠基人，也是浪漫主义诗歌的滥觞者。

橘 颂（屈原）

后皇嘉树①，橘徕服兮②。受命不迁③，生南国兮。

深固难徙④，更一志兮⑤。绿叶素荣⑥，纷其可喜兮⑦。

曾枝剡棘⑧，圆果抟兮⑨。青黄杂糅⑩，文章烂兮⑪。

精色内白，类可任兮⑫。纷缊宜修⑬，姱而不丑⑭兮。

嗟尔幼志，有以异兮⑮。独立不迁，岂不可喜兮。

深固难移，廓其无求兮⑯。苏世独立⑰，横而不流兮⑱。

闭心自慎，不终失过兮⑲。秉德无私⑳，参天地兮㉑。

愿岁并谢㉒，与友长兮。淑离不淫㉓，梗其有理兮㉔。

年岁虽少，可师长兮㉕。行比伯夷㉖，置以为像兮㉗。

【题解】

　　屈原的《九章》含九篇诗，《橘颂》是其中之一。《橘颂》是屈原的早期作品，除《橘颂》外，其他八篇写于他被放逐后。

【释疑】

　　① 后皇：后土和皇天，是大自然的统称。嘉：美好。

　　② 徕：同"来"。服：适应。指橘树来到南国（南方）就适应了这里的气候和土壤。

　　③ 受命：受自然条件决定。不迁：不能迁移。据《周礼·考工记》说："橘生淮北为枳（zhǐ）。"橘只能生长于淮水以南，如果移

植到淮北，果实就变涩了。

④ 深固：根深蒂固。徙：移动。

⑤ 更：更加。一志：志向专一。兮：语气词，相当于"啊""呀"。

⑥ 素荣：白花。

⑦ 纷：茂盛。

⑧ 曾：同"层"。剡（yán）：锐利。棘：橘枝上的刺。

⑨ 抟（tuán）："团"的本字，指橘的圆圆的果实结得一团又一团。

⑩ 青黄杂糅：橘果初时青绿，成熟后变黄。

⑪ 文章：指橘树的纹理色彩。烂：灿烂，鲜亮。

⑫ 精色内白：指橘果色彩精美，内质洁白。类：类似。可任：可以委以重任。这是对橘果的拟人化写法。

⑬ 纷缊（yūn）：指枝叶茂盛。宜修：适宜于修整枝条，使其结更多的果。

⑭ 姱（kuā）：美好。不丑：无比，即出类拔萃。丑，比。

⑮ 尔：你，指橘树。幼志：幼小便有远大志向。有以：有所。异：奇异，独特。

⑯ 廓：宽阔，指胸怀宽阔。无求：无所追求，指没有个人欲望。

⑰ 苏世：远离世俗。苏，同"疏"，疏远。

⑱ 横而不流：横绝世俗而不随波逐流。

⑲ 闭心：静心。自慎：自我约束，谨慎行事。终不失过：始终不犯错误。

⑳ 秉德：坚守道德。秉，持，守。

㉑ 参天地：合于天地正道。

㉒ 岁：年华。谢：辞：引申为辞世，即死去。愿岁并谢：甘愿
随岁月同死。

㉓ 淑：美好。离：同"丽"。淫：乱而过分。

㉔ 梗：耿直。本指树干直，引申为品德正直。理：本指橘树上
的花纹，引申为事物的道理。

㉕ 可师长：可以作为师长。

㉖ 行：行为品德。伯夷：殷末周初时人，周武王灭殷立周后，
伯夷与弟弟叔齐"义不食周粟"，饿死于首阳山，古人尊其为义士。

㉗ 置：树立为。像：榜样。

【今译】

大自然赐予的美好橘树，适应了南方土壤气候。

自然条件决定不可迁移，只能生长于南方山麓。

根深蒂固难以移植，专一志向更加稳固。

叶翠绿花洁白，枝繁叶茂惹人爱。

一层层枝刺锐利，一团团果实繁密。

橘果成熟绿变黄，纹理灿烂色鲜亮。

色彩精美内质白，恰可派上大用场。

枝条茂密宜修理，美妙十足无可比。

自幼立志大有为，出乎其类拔其萃。

傲世独立意志坚，岂不让人心喜欢。

根深蒂固不能移，心胸宽阔无所求。

远离世俗傲然立，绝不随波逐潮流。

静心修养慎言行，始终无错品德正。

坚守道德无私欲，合乎正道遵循礼。

愿同岁月死相守，可以长久作师友。

贤淑美丽无可比，品行耿直明事理。

橘树虽然年尚幼，作为师长勤学习。

品行堪比伯夷贤，当作榜样终生记。

【阅读思路】

这是首咏物言志诗，写的是橘，也是写屈原自己，所谓"夫子自道"，应结合屈原的品格解析这首诗。

【赏析】

这首诗与屈原其他作品相比，格调明快，应是屈原早年作品。开头至"姱而不丑兮"为第一部分，写橘树的外形特征；"嗟尔幼志"至结尾为第二部分，写橘树的内在品格。写外形特征，写了绿叶、白花、圆果的色彩、层层的纹理，茂密的枝条，突现橘树美丽的姿态和纯洁的质地，赞扬橘树深深植根于南国土地，意志坚定不移。这种情感源于屈原对楚国的热爱。写内在品格，突现橘树卓尔不群，没有任何欲求，更不随波逐流，而且严格约束自己，谨慎庄重，自我完善道德修养，毫无过失，德行足与天地比配。全诗句句写橘树，又句句内寓自己，林云铭《楚辞灯》评论说："句句是橘颂，句句不是橘颂。""原与橘分不得是一是二，彼此互映。"这就是诗的主题，"受命不迁""深固难移""廓而无求""苏世独立""闭心自慎""秉德无私"，都是屈原的品格。同橘树一样，屈原有先天的内在美质，又有后天的自我完善，这才成为屈原，正如他在《离骚》中所说："纷吾既有此内美兮，又重之以修德。"这正是屈原，一个真实的屈原。

这首诗以四言句式为主，显然受《诗经》影响。这是首咏物言志诗，物中寓人。后世的诸多咏物诗，走的都是这个路子，所以有人誉《橘颂》为"咏物诗之祖"。

2. 涉 江（屈原）

余幼好此奇服兮，年既老而不衰[2]。

带长铗之陆离兮，冠切云之崔嵬[3]，被明月兮珮宝璐[4]。

世溷浊而莫余知兮，吾方高驰而不顾[5]。

驾青虬兮骖白螭，吾与重华游兮瑶之圃[6]。

登昆仑兮食玉英[7]，与天地兮同寿，与日月兮齐光。

哀南夷之莫吾知兮，旦余济乎江湘[8]。

乘鄂渚而反顾兮，欸秋冬之绪风[9]。

步余马兮山皋，邸余车兮方林[10]。

乘舲船余上沅兮，齐吴榜而击汰[11]。

船容与而不进兮，淹回水而凝滞[12]。

朝发枉陼兮，夕宿辰阳[13]。

苟余心之端直兮，虽僻远之何伤[14]。

入溆浦余儃徊兮，迷不知吾所如[15]。

深林杳以冥冥兮，乃猿狖之所居[16]。

山峻高以蔽日兮，下幽晦以多雨。

霰雪纷其无垠兮，云霏霏而承宇[17]。

哀吾生之无乐兮，幽独处乎山中[18]。

吾不能变心而从俗兮，固将愁苦而终穷。

接舆髡首兮，桑扈臝行[19]。

忠不必用兮，贤不必以[20]。

伍子逢殃兮，比干菹醢[21]。

与前世而皆然兮，吾又何怨乎今之人。

余将董道而不豫兮，固将重昏而终身[22]。

乱曰：鸾鸟凤皇，日以远兮[23]。

燕雀乌鹊，巢堂坛兮[24]。

露申辛夷，死林薄兮[25]。

腥臊并御，芳不得薄兮[26]。

阴阳易位，时不当兮[27]。

怀信侘傺，忽乎吾将行兮[28]。

【题解】

《涉江》也是《九章》中的一篇，写于屈原初被放逐时，表达他被放逐的心情以及放逐途中的艰难，直述了对自我道德完善的人生追求。读了《涉江》，可以了解屈原的为人。《涉江》即渡江而去，表达了诗人坚定的人生态度。全诗共 60 句，分 5 个层次。

【释疑】

① 涉江：即渡江。涉，渡。

② 好（hào）：喜欢。奇服：与人不同的奇特服饰。不衰：没减弱。

③ 长铗（jiá）："铗"是剑柄，这里指剑。陆离：很长的样子。冠（guàn）：作动词，戴着。切云：帽子名，因高而得名。崔嵬（wéi）：高耸的样子。

④ 被：同"披"。珮：同"佩"。明月、宝璐：都是珠宝的名称。

⑤ 涽（hún）：同"混"，混乱，浑浊。莫余知：即莫知余，没人理解我。高驰：大步走。顾：回头。

⑥ 虬（qiú）：传说中有角的龙。骖（cān）：古代一车四马，驾在车两侧的马叫骖，这里作动词用，驾车的意思。螭（chī）：无角的龙。重（chóng）华：舜帝的名字。瑶之圃：有玉树的花园。

⑦ 玉英：玉石的花。古代传说玉石可以开花，吃了长生不老。

⑧ 南夷：中原各国对楚国的蔑称，相当于后世说的南蛮，这里指楚国的统治集团。济乎江湘：乘船到江湘去，指屈原要去的地方。

⑨ 鄂渚（zhǔ）：地名，在今武汉附近。反顾：回头看。欸（ēi）：叹息声。绪风：指冬天的风。绪，残余。

⑩ 步：动词，用"步"表明山路不好走，走得慢。山皋：水中的高地叫"皋"，"山皋"表示山水相连。邸（dǐ）：停。

⑪ 舲（líng）船：有窗户的船。沅：湖南沅江。芳林：林边。齐：一起。榜：船桨。吴榜：吴国的桨。汰：水波。

⑫ 容与：缓慢。淹：淹留。回水：漩涡。凝滞：停滞不前。

⑬ 枉陼（zhǔ）、辰阳：都是地名。枉陼与辰阳都在沅江北岸。

⑭ 苟：假如，只要。端直：端正正直。

⑮ 溆浦：地名，在湖南溆浦县。僮偟（chán huái）：徘徊。所如：所往。

⑯ 杳（yǎo）：幽远。冥冥：昏暗不清。狖（yòu）：猿猴的一种。

⑰ 霰（sǎn）：米粒状的雪。承宇：与屋檐相接。

⑱ 幽：在这句里含有"隐"的意思。

⑲ 接舆：人名，楚国的隐士，就是《论语》中提到的楚狂接舆，髡（kūn）首：削去头发。桑扈：人名，古代隐士，曾裸体而行，表示愤世嫉俗。臝（luǒ）：同"裸"。

⑳ 以：用。

㉑ 伍子：指战国时伍员（yún），字子胥，因直言敢谏，被吴王夫差杀害。比干：商纣王的叔父，因忠言谏阻纣王暴行，被纣王剖腹剜心。菹醢（zū hǎi）：剁成肉酱。

㉒ 董道：正道。豫：犹豫。

㉓ 鸾鸟：凤凰一类的鸟，与凤凰一起比喻忠臣贤士。下句的"燕雀乌鹊"比喻奸佞小人。

㉔ 巢：筑巢。堂坛：比喻朝廷。

㉕ 露申辛夷：都是花草，比喻忠臣贤士。林薄：草木丛生的地方。

㉖ 腥臊：比喻奸佞小人。下句的"芳"比喻忠臣贤士。薄：靠近。

㉗ 阴阳易位：昼夜颠倒，比喻政治黑暗。时：时机，时运。

㉘ 怀信：怀着忠信之心。侘傺（chà chì）：不得意。忽：飘然。

【阅读思路】

1. 《涉江》是按屈原被放逐的行程写的，请在各段把表示行程的词语挑出来，先弄清屈原被流放的行程路线，比如第一段的"旦余济乎江湘"，表明"江湘"（湘江）是流放的始发地。

2. 第一段写"好奇服"，表明屈原什么品格？与被流放是什么关系？第二段写路途中跋山涉水的艰苦，最后一句是点睛之笔，这表明屈原什么品格？第三段写到达目的地后的环境，这对表现主题有什么作用？第四段引用四个古人典故，作者的用意是什么？

3. 最后一段是"乱曰"。"乱"本是一个音乐术语，乐章的末段叫"乱"。这里的"乱曰"在全诗起什么作用？

【今译】

我自幼就喜欢服饰非凡，年老了依然志趣不减。

腰挎长长利剑，头戴高高桂冠，珠宝全身镶嵌。

世道浑浊没人理解我呀，我头也不回一去不返。

青龙驾车辕，白龙列两边，我与舜帝遨游在玉树林苑。

登上昆仑山，玉石作午餐，寿命同天地，光辉日月悬。

可叹当权者不理解我呀，明早我就奔向江湘之畔。

到达鄂渚回头看，冬风呼啸天酷寒。

我马涉水又爬山，我车停在深林边。

下车乘船去沅江，桨打水面波浪翻。

波浪翻滚水打漩，逆水而上船行难。

一早出发离枉陼，到了辰阳天已晚。

只要我心正品端意志坚，又何惧路途凶险地荒远。

到达溆浦，徘徊不前。所去之地，荒无人烟。

林深树密，天昏地暗。在此居者，非猴即猿。

山高蔽日，阴雨绵绵。

无边大雪纷纷下，滚滚浓云地接天。

可叹我身处逆境无乐趣，孤零零隐居在深山。

我不同流合污从世俗，宁可穷愁一万年。

接舆削发明志，桑扈愤世裸行。

忠者遭遗弃，贤者不被用。

伍员杀身因直谏，比干粉身由于忠。

前代贤人皆如此，我何必怨天尤人心不平。

我将坚持正道不动摇，宁可忧患重重了此生。

总结曰：鸾鸟凤凰，远远飞去。

乌鸦麻雀，登堂入室。

鲜花香草，枯萎遭弃。

腥臊满鼻，芳香远离。

阴阳颠倒，时运不济。

我怀忠守信遭迫害，还是飘然而远去吧。

【赏析】

《涉江》以屈原在流放地的行踪为结构线索，"济江湘""乘鄂渚""发枉陼""宿辰阳""入溆浦"，清楚交代了整个放逐行程。对诗来说，是线索分明；对研究屈原，也是值得珍视的史料。全诗60句，分五个段落。

第一段写"好奇服"，表现诗人不同凡俗的高洁品格。正因为超凡脱俗，才得罪了楚国的权势集团，这是被放逐的起因。对这种品格，诗人自评为"与天地同寿，与日月齐光"，充满自豪。而"哀南夷之莫吾知"，则表示了对楚国权势集团的厌恶。一清一浊，互不相容，屈原被放逐是必然的了。

第二段写放逐路途的艰苦，骑马乘车，穿越山林，逆水行舟，与波浪搏击，越走越偏远，但"苟余心其端直兮，虽僻远之何伤"，诗人相信自己，处逆境而心泰然。

第三段写环境恶劣，山高林密，气候反常，荒无人烟，与猿狖为伍。但诗人宁可"愁苦而终穷"，也不与权势者同流合污，表现了品格的高贵与意志的坚强。

第四段以四位古人为例，自比古贤，表明自己要坚守正道，不怕灾殃。

第五段的"乱曰"是全诗的总结，揭露现实政治的黑暗，贤者遭殃，小人得志，最后表示"忽乎吾将行"，同黑暗政治决裂，与开头的"吾方高驰而不顾"呼应，表现诗人不与世俗同流合污的高洁情怀，点明主题，结束全篇。

在写法上，叙述描写之后，都抒发了与之相应的感慨。第一段写"奇服"后，抒发了"与天地同寿，与日月齐光"的自豪，抒发了对"南夷"的蔑视。第二段描写跋山涉水的艰苦行程后，抒发了"虽僻远之何伤"的坚强意志。第三段描写恶劣环境后，抒发了"哀吾生之无乐兮，幽独处乎山中"的愤懑不平的感慨。描写与抒情结合，塑造了诗人孤高脱俗的形象。

【阅读延伸】

写过《楚辞章句》的王逸说："此章言己佩服殊异，抗志高远，国无人知之者，徘徊江上，叹小人在位，而君子遇害也。"写过《楚辞集解》的汪瑗说："此篇言己行义之高洁，哀浊世而莫我知也。欲将渡湘沅，入林之密，入山之深，宁可愁苦以终身，而终不能变心以从俗，故以'涉江'名之，盖将涉江而远去耳。"这二人的理解，符合《涉江》原义，但过分看重"叹"与"哀"，忽略了屈原同黑暗势力决裂的坚强。《涉江》写放逐行程，述自身高洁，有自传意义，被称为"小离骚"，可以与《离骚》对照着读。

3　渔　父（屈原）

　　屈原既放，游于江潭①，行吟泽畔。颜色憔悴，形容枯槁②。渔父见而问之曰："子非三闾大夫欤？何故至于斯③？"

　　屈原曰："举世皆浊我独清，众人皆醉我独醒，是以见放④。"

　　渔父曰："圣人不凝滞于物，而能与世推移⑤。世人皆浊，何不淈其泥而扬其波⑥？众人皆醉，何不餔其糟而歠其醨⑦？何故深思高举，自令放为⑧？"

　　屈原曰："吾闻之，新沐者必弹冠，新浴者必振衣⑨。安能以身之察察，受物之汶汶者乎⑩？宁赴湘流，葬于江鱼之腹中，安能以皓皓之白⑪，而蒙世俗之尘埃乎？"

　　渔父莞尔而笑，鼓枻而去⑫。乃歌曰："沧浪之水清兮，可以濯吾缨⑬；沧浪之水浊兮，可以濯吾足。"遂去，不复与言。

【题解】

　　这是一篇寓言式作品，诗中虽然直书屈原的名字，但不是屈原的亲历，而是假托与渔父对话的场景，表述自己保持清白，决不同流合污的情操。因为有人物，有对话，有不同处世哲学的碰撞，读起来更感亲切。

【释疑】

　　① 江潭：江边。

　　② 行吟：一边走一边吟诗。颜色：脸色，面容。形容：外貌。

枯槁（gǎo）：枯瘦。

③ 三闾大夫：楚国官名。楚国王族有屈、景、昭三姓，掌管三姓事务的官叫三闾大夫，屈原曾任此职。欤：表反问的语气词。斯：这。

④ 举：全。是以："以是"的倒置，因此。见：被。

⑤ 凝滞于物：被外物局限而不知变通。与世推移：顺应潮流，随机应变。

⑥ 淈（gǔ）：搅浑。

⑦ 哺（bǔ）：吃。歠（chuò）：同"啜"，喝，饮。醨（lí）：薄酒。

⑧ 深思：思虑深。高举：高出一般。令：让，使。为：表反问语气。

⑨ 弹冠：弹去帽子上的尘土。振衣：抖去衣服上的尘土。

⑩ 察察：洁白。汶汶（mén）：污秽不净。

⑪ 皓皓：洁白光亮。

⑫ 莞（wǎn）尔：微笑的样子。鼓枻（yì）：划桨。枻，短桨。

⑬ 缨：帽带。

【阅读思路】

1.《渔父》的写法是问答体，从一问一答中分析两人不同的处世态度。

2. 准确把握下列词语的本义与比喻义，更深入地理解《渔父》的主题："皆浊"与"独清"，"皆醉"与"独醒"；"淈其泥""扬其波""哺糟""歠其醨"与"新沐弹冠""新浴振衣"；"身之察察"与"物之汶汶"。

3. 请比较一下《渔父》与《涉江》在写法上的不同。

【今译】

屈原放逐期间，流浪在湘江两岸，一面漫步一面咏叹。脸色苍白消瘦，身形衰弱孤单。

渔翁见而问道："你是三闾大夫吧，为什这样沦落凄惨？"

屈原答道："全国浑浊我独洁净，众人皆醉我独清醒，流放到此，原因自明。"

渔翁道："聪明之人不受外物局限，世事无常自当随机应变。世人都混浊，何不搅稀泥随大流？众人都沉醉，何不吃酒糟喝淡酒？为什么费神脱俗，自己找罪自己受？"

屈原道："我听说，刚刚洗澡，必然弹去帽上尘土；刚刚净身，必然重新换衣服。怎能以洁白之身去沾染肮脏之物？我宁愿投入湘江，葬身鱼腹，怎能让高洁人品蒙上世俗污垢？"

渔翁听后哈哈笑，摇着船桨唱小调："沧浪水清啊，用来洗我帽缨，沧浪水浊啊，用来洗我双足。"边唱边摇去已远，不与屈原再交谈。

【赏析】

这首诗通过屈原与渔父的对话，写了两种不同的处世态度。诗中的渔父不是一般的打鱼老头儿，而是一个高蹈遁世的隐士。他的处世态度用一句话概括，就是顺潮而动，随波逐流。诗中所说"不凝滞于物""与世推移"就是这个意思，用来作比喻的"淈其泥""扬其波""铺其糟""歠其醨"也是这个意思。换成白话说就是：社会到处泥泞，我就和点稀泥；社会波浪滔滔，我就打个水花；别人喝酒，我吃点酒糟；别人喝浓酒，我喝点淡酒。这是消极的处世态度，虽然比助纣为虐强一些，但对社会矛盾采取逃避态度，也会养虎成患。屈原的处世态度则反其道而行，处于乱世而保持个人的高风亮节，绝不同流合污。诗中所说的"独清""独醒"，保持"察察"，拒绝"汶汶"，表达的都是对自我道德完善的追求。这是积极的处世态度，对黑暗政治是一种反抗。

这首诗的写法有两个特别处，与《涉江》明显不同。第一个是韵散相间，诗中夹带散文，开头与结尾是明显散文手法。第二个是问答体，在问答中又有人物形象描写，如写屈原"颜色憔悴，形容枯槁"，写渔父"莞尔而笑，鼓枻而去"。笔墨虽不多，形象逼真，呼之欲出。

【阅读延伸】

《渔父》所写屈原与渔父的两种处世态度，实际是两种不同的人生价值观，也是战国时期儒道两家哲学思想的碰撞。道家主张出世，顺应自然，知足常乐。在渔父那里是"不凝滞于物""与世推移""餔糟""歠醨"，是逃避现实的遁世思想。儒家主张入世，"达则兼济天下，穷则独善其身"。在屈原那里是"举世皆浊我独清，众人皆醉我独醒"、不以"皓皓之白"蒙受"世俗之尘"。这是一种出淤泥而不染的品格，也是对污浊社会的反抗，屈原在"入世"态度上与儒家同，但比儒家的"独善其身"，境界更高。儒道两家的处世态度，是个哲学问题，在文学作品中多有反映，后世的归隐文学，就源于道家的"出世"。

《渔父》的韵散间用写法，对后世的"赋"影响很大。韵散互用，错综成文，既不同于诗歌，又有别于散文，是"赋"的通用写法。这种写法在《楚辞》中就有了，汉代的"赋"，是源于《楚辞》的。

4. **湘　君**（屈原）

君不行兮夷犹[①]，蹇谁留兮中洲[②]？
美要眇兮宜修[③]，沛吾乘兮桂舟[④]。
令沅湘兮无波[⑤]，使江水兮安流[⑥]。
望夫君兮未来[⑦]，吹参差兮谁思[⑧]？

驾飞龙兮北征[⑨]，邅吾道兮洞庭[⑩]。
薜荔柏兮蕙绸[⑪]，荪桡兮兰旌[⑫]。
望涔阳兮极浦[⑬]，横大江兮扬灵[⑭]。
扬灵兮未极[⑮]，女婵媛兮为余太息[⑯]。
横流涕兮潺湲[⑰]，隐思君兮陫侧[⑱]。

桂櫂兮兰枻[⑲]，斲冰兮积雪。
采薜荔兮水中[㉑]，搴芙蓉兮木末[㉒]。
心不同兮媒劳[㉓]，恩不甚兮轻绝[㉔]。
石濑兮浅浅[㉕]，飞龙兮翩翩[㉖]。
交不忠兮怨长[㉗]，期不信兮告余以不闲[㉘]。

朝骋骛兮江皋[㉙]，夕弭节兮北渚[㉚]。
鸟次兮屋上[㉛]，水周兮堂下[㉜]。
捐余玦兮江中[㉝]，遗余佩兮醴浦[㉞]。
采芳洲兮杜若[㉟]，将以遗其下女[㊱]。
时不可兮再得[㊲]，聊逍遥兮容与[㊳]。

【题解】

这首诗是《九歌》中的一篇，《九歌》是屈原根据楚国民间祭神的乐歌，经过加工整理而成。"九"是表多数之词，并非实指，《九歌》实际含十一篇诗。王逸对《九歌》的来源说得很清楚，他在《楚辞章句》中说："昔楚国南郢之邑，沅湘之间，其俗信鬼而好祠（祭祀），其祠必作歌乐鼓舞以乐诸神。屈原放逐，窜伏其域，怀忧苦毒，愁思沸郁，出见俗人祭祀之礼，歌舞以乐，因作《九歌》之曲，上陈事神之敬，下见己之冤结，托之以讽谏。"请注意"托之以讽谏"五字，屈原写《九歌》，另有寄托，不是迷信活动。《湘君》是祭祀湘水男神的歌词，屈原还有一篇《湘夫人》，是祭祀湘水女神的歌词。

【释疑】

① 君：指湘君。不行：不来赴约会。夷犹：犹豫。

② 謇：发语词，楚地方言。谁留：为谁而留，等待谁。中洲："洲中"的倒置。洲，水中的陆地，犹小岛。

③ 要眇：美好的样子。宜修：宜于修饰。

④ 沛：顺水行船，快速轻捷的意思。桂舟：用桂树做的船，表示香洁高贵。

⑤ 沅湘：流经湖南的沅水和湘水，均注入洞庭湖。

⑥ 江水：指长江之水。安流：平缓地流淌。

⑦ 夫君：指湘君。

⑧ 参差：古代的一种乐器，即排箫，由32根长短不齐的竹管排列而成，故名"参差"。

⑨ 飞龙：飞快行驶的龙舟。北征：北行。

⑩ 邅（zhān）：转弯，楚地方言。吾道：我行进的道路。

⑪ 薜（bì）荔：薜和荔、蕙，都是香草名。柏：闻一多先生《楚辞校补》说："柏同'帛'，旗帛。"绸：彩旗。

⑫ 荪、兰：都是香草名。桡（náo）：旗杆。旌：旗。

⑬ 涔（cén）阳：涔水之阳，即涔水北岸。极浦：遥远的水边。

⑭ 横：横渡。大江：长江。扬灵：扬帆前进。灵，同"櫺"，有窗的船。

⑮ 未极：没有到达终点。

⑯ 女：指侍女。婵媛：接连。为余：为我，是湘君自指。太息：大声叹气。

⑰ 潺湲（chàn yuán）：形容泪水涟涟。

⑱ 隐：指内心。俳侧：同"悱恻"，心情悲苦。

⑲ 桂櫂（zhào）：桂木做的船桨。櫂，同"棹"，船桨。枻：船舷。

⑳ 斵（zhuó）：凿开，砍破。

㉑ 采薜荔兮水中：薜荔是长在陆地上的香草，到水中采薜荔，表示徒劳。

㉒ 搴（qiān）：拔，摘。芙蓉：荷花。木末：树梢。荷花开在水中，到树梢上摘荷花，也表示徒劳。

㉓ 媒劳：徒劳的意思。

㉔ 恩不甚：犹言恩爱不深。轻绝：轻易地断绝了关系。

㉕ 石濑（lài）：砂石上的流水。浅浅：水流迅疾的样子

㉖ 飞龙：指湘夫人乘的龙船。翩翩：快速飞驰的样子。

㉗ 交不忠：交友不真心。怨长：长久埋怨。

㉘ 期不信：对于约定的会晤不守信用。闲：空暇时间。

㉙ 驰骛：快速前进。江皋：长江岸边。

㉚ 弥节：控制速度，停止前进。北渚：水的北岸。

㉛ 次：住宿。

㉜ 周：环绕。

㉝ 捐：舍弃，扔。玦：环形而有缺口的玉石配饰。

㉞ 遗：遗弃。醴：洞庭湖的支流。浦：水边。

㉟ 杜若：一种香草。

㊱ 遗（wèi）：赠送。下女：下界（人间）之女。

㊲ 时：指与湘君会面的机会。

㊳ 聊：暂且。逍遥：无拘束。聊逍遥：不受任何限制。容与：
徘徊，等待。

【今译】

你犹犹豫豫不到来，是谁把你滞留在洲中呢？

我打扮得漂漂亮亮，乘着桂船顺流去迎接你。

让沅湘不泛波浪，长江之水也平缓流淌。

还没望到夫君到来呀，我吹着排箫表达相思。

我驾着龙舟北行，取近路转道洞庭。

船上装满香草，彩旗飘扬在空中。

穿过遥远的涔水北岸，横渡长江扬帆疾行。

扬帆疾行仍未到终点，侍女连声为我长叹。

忍不住泪水涟涟，心中思念她悲苦不堪。

摇着桂桨掌着兰舵，凿开坚冰荡尽积雪。

就像水中采薜荔，又如树梢摘荷花。

心思不同都徒劳，恩爱不深易断绝。

石上流水潺潺，江上龙舟翩翩。

是否忠心有变，还是预约不来无空闲？

早晨从江皋出发，晚上停宿在北渚。

鸟儿宿在屋上，水流环绕四周。

将玉玦扔入水中，把环佩丢到醴浦。

将满船鲜花香草，赠送给人间女流。

会面时机虽不可再得，我仍永无终止地等待下去。

【赏析】

湘君与湘夫人是神话传说中的一对配偶神，这首诗描写他们之间深挚的思念之情，表现人们对纯真爱情的追求和对幸福生活的憧憬。

古代的祭神仪式，用女巫与男巫对唱的形式进行。诗分四段，第一段由开头至"吹参差兮谁思"，是女巫扮成湘夫人所唱，表现湘夫人盼望湘君到来的急切心情：一、二句是湘夫人对湘君的抱怨，你犹犹豫豫迟迟不到来，是为谁滞留在洲中呢？三、四句说等得有些焦急了，就梳洗打扮好，乘着桂船顺流去迎接湘君。五、六句说希望沅水湘水不泛波浪，长江之水也平缓流淌，好让船行进得快一些。七、八句说还没望到夫君的身影，我在船上吹着排箫，表达相思之情。

第二段由"驾飞龙兮北征"到"隐思君兮陫侧"，是男巫扮成湘君所唱，写湘君为了与湘夫人相见而急于赶路的情景：驾起龙舟北行，转道洞庭湖，又穿过涔水北岸，船上载着香草，飘着彩旗，扬帆疾行，但迟迟不能到达终点，终于忍不住泪水滂沱，内心悲苦不堪。

第三段由"桂櫂兮兰枻"到"期不信兮告余以不闲"，是女巫的唱词，表现湘夫人内心的焦急疑虑：为了迎接湘君，湘夫人摇着桂木做的桨，掌着兰木做的舵，凿开水中的冰，荡尽冰上的雪，仍不见湘君踪影。由于焦急，心生疑惑，她想，我这样苦苦寻觅，不正如到水中采薜荔、到树梢摘荷花一样嘛，徒劳而无功。是不是我与他情爱不够深厚？或者他对我不够忠诚？不按约定日期会面，更可能是没有空暇时间？这种凄切的哀怨，恰恰表现了二人一往情深。

第四段由"朝骋骛兮江皋"到结末，是男巫的唱词，写湘君向湘夫人表达永久地思念：湘君早晨从"江皋"出发，寻了一天，也没找到湘夫人，晚上只好停宿在"北渚"，一个屋上宿鸟，周边是水的地方。"玦"与"佩"应是湘君与湘夫人的定情物，现在睹物思人，他估计湘夫人必然隐身于"江中"或"醴浦"，为了表示对爱情的忠贞，就把"玦"与"佩"扔进水中，把准备的香草赠给"下界"女人。他明明知道与湘夫人会面的时机"不可兮再得"，仍然表示要不受任何限制地永远等待下去。

这首诗虽是祭神曲，却具有浓厚的人情味，极为细腻地表现了长久分离不得相会的夫妇间的特殊心情，充分抒发了苦苦相思等待的虔诚情怀。

【阅读延伸】

为了更好地理解《湘君》，做三点补充。

一、楚地民间传说，帝舜南巡，逝于苍梧（在广西）之野，葬于九嶷山下。帝妃娥皇、女英悲痛不已，日夜在洞庭湖畔悲哭，泪尽投湘江而死。民间尊舜为湘君，尊二妃为湘夫人，世代祭祀。因为他们已死，所以《湘君》诗写他们不得会面，诗的情调凄切哀婉。

二、古代祭神，采用"望祀"形式，即"遥望而致其祭品"，由巫扮成神的模样，代神拟词，以倾诉人们对神的怀念和祈祷。

三、《九歌》是一组宗教祭祀歌词，也是一组风格独特的抒情诗。"九歌"之名来源很古，相传在夏初就有了，在楚地流行很广。

屈原对巫者所唱歌词以及民间传说作综合比较，进行一番再创作，便成了现今流行的《九歌》。《九歌》各篇分别祭祀一种神灵，包括天神、地祇、人鬼三类，通过娱神与祈福的描写，反映对美好理想的向往，对真、善、美的追求。真挚热烈的情感与凄楚哀怨的情调融汇在一起，构成《九歌》的思想与艺术特色。

5. 山　鬼（屈原）

若有人兮山之阿^①，被薜荔兮带女萝^②。

既含睇兮又宜笑^③，子慕予兮善窈窕^④。

乘赤豹兮从文狸^⑤，辛夷车兮结桂旗^⑥。

被石兰兮带杜衡^⑦，折芳馨兮遗所思^⑧。

余处幽篁兮终不见天^⑨，路险难兮独后来^⑩。

表独立兮山之上^⑪，云容容兮而在下^⑫。

杳冥冥兮羌昼晦^⑬，东风飘兮神灵雨^⑭。

留灵修兮憺忘归^⑮，岁既晏兮孰华余^⑯？

采三秀兮于山间^⑰，石磊磊兮葛蔓蔓^⑱。

怨公子兮怅忘归^⑲，君思我兮不得闲^⑳。

山中人兮芳杜若^㉑，饮石泉兮荫松柏^㉒。

君思我兮然疑作^㉓。

雷填填兮雨冥冥^㉔，猿啾啾兮狖夜鸣。

风飒飒兮木萧萧，思公子兮徒离忧^㉕。

【题解】

　　《山鬼》是《九歌》的一首，是祭祀山神的祭歌，按照《左传》与《国语》的记载，山神本是"木石之怪"，是"魑魅魍魉"，多有妖魅之气。楚人生长在南国，那里青山绿水，所以他们心目中的山神，一扫妖魅之气，变成了美丽的女郎。据楚地传说，山鬼即巫山神女，这首诗以优美质朴的语言，描写了年轻美丽的山中之神在等待她所热恋的青年时，因等而不来所产生的爱、怨、愁、急相交织的复杂感情，创造了一个人神相恋的爱情故事。

【释疑】

① 若：好像，隐约可见。阿（ē）：山的转弯处。

② 被：同"披"。薜荔、女萝：均为香草。

③ 含睇（dì）：眼波流转，含情脉脉。宜笑：笑得非常得体。

④ 子：山鬼对恋人的昵称。慕：爱慕。予：我，山鬼自称。窈窕：体态身段苗条娇媚。

⑤ 赤豹：黑红色的豹。文狸：身上有花纹的山猫。

⑥ 辛夷、桂：都是有香味的木材。用辛夷做车，用桂做旗杆，表示珍贵。

⑦ 被石兰：用石兰做衣服。带杜衡：用杜衡做腰带。石兰、杜衡，都是香草，表示高洁。

⑧ 芳馨：香花芳草。遗：赠送。所思：山鬼所思念的恋人。

⑨ 余：山鬼自称。幽篁：茂密幽暗的竹林深处。终：始终。

⑩ 后来：来晚了，因路上耽误时间而迟到。

⑪ 表：高，突出。独立：孤独地站在相约之处。

⑫ 容容：形容云雾翻腾。

⑬ 杳冥冥：深远又黑暗。羌：楚地方言，发语词。晦：暗。

⑭ 神灵雨：神灵在下雨。

⑮ 灵修：指山鬼所爱恋的人。留灵修：为了灵修而留下来。憺（dàn）：安于，耐心。忘归：忘记回去，即留下来等待。

⑯ 岁晏：年老。华予：使我年轻。华：同"花"，表示年轻，这里作动词用。

⑰ 三秀：指灵芝。植物开花结实叫"秀"，"三秀"指灵芝一年之中三次开花结籽。

⑱ 磊磊：乱石堆积的样子。葛：葛藤。蔓蔓：葛藤缠绕的样子。

⑲ 公子：指山鬼爱恋的人。

⑳ 君：也指山鬼爱恋的人。不得闲：不得空闲，一直没停止。

㉑ 山中人：山鬼自称。杜若：香草。

㉒ 荫松柏：在松柏树荫下。

㉓ 然：肯定，即不疑。疑：疑虑。然疑作：产生了又疑又不疑的复杂心理。

㉔ 填填：雷声。冥冥：昏暗。

㉕ 徒：白白地。离忧：遭受烦忧。离，同"罹"，遭遇。

【今译】

隐约看见有人从山坡走来，穿着薜荔衣服束着女萝腰带。
两眼含情笑靥绽开，恋人爱慕她那苗条轻盈的体态。
赤豹与花狸驾着车，辛夷做的车上桂旗飘摆。
载着满车石兰杜衡，将这些香草赠送我所爱。

我走在不见天日的深密竹林间，山路险峻而迟到耽误了时间。
我孤独地高站在山冈，见山间到处云雾弥漫。
大白天像夜晚一样阴晦，冷风阵阵阴雨绵绵。
我为所爱人留下安心等待，年岁已老谁能让我再回少年？
在山中采集灵芝，越过山石磊磊葛藤蔓蔓。
恼怨恋人忘记归去，想必恋人也一直把我思念。

我终日采集杜若，在松柏荫下饮食山泉。
你让我在疑与不疑间备受熬煎。

雷声隆隆大雨冥冥，猿声啾啾狖猴夜鸣。

冷风飒飒落叶萧萧，思念恋人忧心忡忡。

【赏析】

女巫扮演山鬼，以山鬼自述方式，在忘情歌唱，唱词分作三段。开头至"折芳馨兮遗所思"是第一段，为山鬼画像：远远望到山鬼从山上走来，穿着薜荔衣服，束着女萝腰带，两眼含情脉脉，脸上笑靥绽开，身材苗条，体态轻盈，让她的恋人真是爱慕死了。同她一起来的还有她的车驾随从，赤豹与花狸为她驾车，车是辛夷木做的，车上挂着桂旗，载着香草。如此堂而皇之的车队去做什么呢？原来"折芳馨兮遗所思"，她要去会见她所爱的人，并把这些香草赠送他。

由"余处幽篁"到"葛蔓蔓"是第二段，气氛与第一段大不相同，写此行受挫，没能见到所爱的人：她行进在不见天日的深密竹林中，山路艰险难行，结果路上耽误了时间，她来晚了，没见到所爱的人。她很失望，孤独地站在山冈上，望着弥漫的云雾，觉得白天同黑夜一样昏暗，又逢冷风阵阵，阴雨绵绵，她不由心潮澎湃，思绪万千，她想，光阴荏苒，人生易老，谁能让青春再现呢？不如到山里采集灵芝，吃了能够延续青春，不怕山石磊磊，葛藤蔓蔓。

下面第三段写事件的结局：山鬼的情感是复杂的，没见到所思之人，不免心生疑惑，有些怨恨和愁怅；但又马上自慰，也许对方正在思念我，只是"不得闲"，不能很快到来而已。她陷入疑与不疑的煎熬中，加上眼前雷声隆隆，大雨冥冥，猿声啾啾，狖猴夜鸣，她的心碎了。结论是，思念心上人是徒劳的，只能遭受忧愁的折磨。这结局有些悲伤，自古这类人神相恋的故事，都是以悲剧结尾。

这是一首缠绵的悲歌，山鬼的形象写得绰约多姿，生动感人。通过这一形象，反映了楚地民间淳朴而纯洁的爱情观。

国 殇（屈原）

操吴戈兮披犀甲，车错毂兮短兵接①。

旌蔽日兮敌若云②，矢交坠兮士争先。

凌余阵兮躐余行，左骖殪兮右刃伤③。

霾两轮兮絷四马，援玉枹兮击鸣鼓④。

天时怼兮威灵怒，严杀尽兮弃原野⑤。

出不入兮往不反⑥，平原忽兮路超远。

带长剑兮挟秦弓，首身离兮心不惩⑦。

诚既勇兮神以灵，子魂魄兮为鬼雄⑧。

【题解】

《国殇》是《九歌》中的一篇，是一首祭悼为国捐躯的将士的祭歌。殇（shāng），未成年而死曰"殇"。国殇，指为国牺牲的烈士。

【释疑】

① 吴戈：吴地之戈。犀甲：犀牛皮做的甲。车：战车，古代战争是车战。短兵接：短兵相接。短兵，刀剑等短兵器。

② 敌若云：形容敌军数量多。

③ 凌余阵：突破了我军阵地。躐（liè）余行（háng）：冲乱了我军行列。左骖（cān）：在左边驾战车的马。殪（yì）：死。右：指在右边驾战车的马。

④ 霾：同"埋"。絷（zhí）：拴住。四马：古代战车是一车四

马。枹（fú）：鼓槌。

⑤ 天时怼兮威灵怒：此句意思是战争的残酷性使天怨人怒。怼（duì）：怨恨。严杀：严酷地杀害。

⑥ 出不入：指楚军到了战场就没能再回来。往不反：指秦军到了战场也没能返回。此句意思是说敌我双方同归于尽。

⑦ 不惩：指杀敌之心勃勃不息。

⑧ 诚：确实。神以灵：意思是精神不灭。子：指为国捐躯的将士。鬼雄：鬼中的英雄。

【今译】

> 手持吴戈身披犀甲，车轮交错短兵相接。
>
> 旌旗蔽日敌军如云，箭矢坠落奋不顾身。
>
> 陷我阵地冲乱我军，左骖已死右骖受伤。
>
> 埋掉战车拴住战马，鸣鼓奋战徒步反击。
>
> 战争残酷天怨人怒，死亡殆尽尸弃原野。
>
> 敌我双方同归于尽，魂游平原遥无归期。
>
> 仍持长剑手拿秦弓，身首分离壮心不已。
>
> 确实勇敢威武无比，始终刚强不可侵犯。
>
> 此身虽死精神不灭，化为魂魄亦是鬼雄。

【赏析】

描写一场失败的战争，是件痛苦的事情，既要写出战争的残酷，还要彰显将士的英勇，心情是压抑的。屈原正是以压抑的心情，再现了一场敌强我弱的激战。先看诗的第一段："操吴戈兮披犀甲"，表明将士士气旺盛；"车错毂兮短兵接"，显示战斗激烈；"旌蔽日兮敌若云"，交代秦强楚弱；"矢交坠兮士争先"，彰显楚军英勇；"凌余阵兮躐余行"，秦军攻陷楚军阵地，冲乱楚军队伍，秦军胜了；

"左骖殪兮右刃伤"，楚军驾车的马非死即伤，楚军败了——这是战场的全貌描写。正在这紧张时刻，一位将军站出来，"霾两轮兮絷四马"，他下定必死决心，埋掉破损的战车，拴住受伤的战马；"援玉枹兮击鸣鼓"，击鼓指挥战士徒步拼死反击——这是战场的一个特写镜头。"严杀尽兮弃原野""出不入兮往不反"——这是战斗的最后结局。"出不入"的是我军，出了家门就再回不来了；"往不反"的是敌军，既然来了就再回不去了，敌我同归于尽。以上是第一部分，诗人分三个层次描写了这场殊死战斗。接下来是第二部分，诗人凭吊为国捐躯的将士："带长剑兮挟秦弓"，战士仗剑出征，何曾想过侥幸生还；"身首离兮心不惩"，为国捐躯，死得其所，身躯虽死，精神不灭，杀敌壮心仍勃勃不息。在诗的结尾，诗人高声咏叹：我们的战士呀，既勇且武，又刚又强，生为人杰，死为鬼雄。

全诗对战争场景的描写，激烈悲壮；对阵亡将士的凭吊，由衷哀恸，倾注了诗人全部深情。全诗融叙事、描绘、抒情于一炉，寓悲痛于壮烈的场面描写中，较之《九歌》的其他篇章，别有一种高亢的阳刚之美。

【阅读延伸】

屈原在政治上主张富国强兵，抗击暴秦，但昏庸的楚王始而妥协退让，后又盲目开战，终于一败再败，导致无数将士弃尸原野。对热爱祖国胜于生命的屈原来说，他反对楚王盲目开战，又敬仰将士英勇抗敌，心情是矛盾与哀痛的。这一点在他的另一首诗《哀郢》中表现得更为充分，大家可以找来《哀郢》，与《国殇》对照着读。

7. 《离骚》佳句辑录

　　《离骚》是屈原的代表作，是古诗中第一首自传性抒情诗，在我国及世界文学史上都占有重要地位。全诗 373 句，近 2500 字，非专门研究人员，很难有精力一句句把它读懂。

　　"离骚"二字是什么意思？司马迁《史记·屈原列传》说："离骚者，犹离忧也。"班固《离骚赞序》说："离，犹遭也；骚，忧也。""离"同"罹"，遭遇的意思；"骚"即忧患。《离骚》全诗内容写的就是屈原所遭遇的忧患，包括自叙身世、品德、志趣、理想，以及政治上的不幸遭遇与斗争、内心的矛盾与苦闷。写法上展开想象的翅膀，翱翔在奇幻瑰丽的神话与传说世界里，塑造了诗人坚持节操、追求真理、为理想而献身的光辉形象。全诗以宏伟的篇幅、强烈的爱憎、鲜明的形象、磅礴的气势、神奇的想象、瑰丽的文采而著称，是一篇浪漫主义杰作，屈原也因此诗被评为世界文化名人。此段《离骚》佳句辑录，是摘录《离骚》中若干精彩语段，供大家透过一斑，以窥全豹。

　　　(1) 帝高阳之苗裔兮，朕皇考曰伯庸[①]。
　　　　　 摄提贞于孟陬兮，惟庚寅吾以降[②]。
　　　　　 皇览揆余初度兮，肇锡余以嘉名[③]。
　　　　　 名余曰正则兮，字余曰灵均。

【释疑】

①高阳：古帝颛顼（zhuānxū）的称号。楚君是颛顼的后代，屈原的祖先屈瑕是武王熊通的儿子，受封于屈邑，遂以屈为姓。屈原追本溯源，说自己是高阳帝的后代。苗裔：远代子孙。朕（zhèn）：秦始皇前是通用的第一人称代词，后世才成为皇帝的专称。皇：大。考：对亡父的尊称。

②摄提：干支纪年法中寅年的别称。贞：正巧。孟陬（zōu）：正月，即寅月。庚寅：庚寅日。降：降生。以上，屈原自叙生于寅年寅月寅日，古人认为这是难得的吉日。

③皇：指皇考，即亡父。览：观察。揆：揣摩。初度：刚刚出生。肇（zhào）：假借为"兆"，占卜的预兆。锡（cì）：同"赐"。

【今译】

> 我是颛顼帝的后代呀，我的父亲叫伯庸。
> 寅年寅月寅日那一天，最吉利的日子我出生。
> 父亲揣摩我的出生日，给我起个美好的名。
> 我的名叫正则，我的字叫灵均。

【赏析】

这几句是屈原自叙身世，他很珍视自己的出身门第，这是他先天的禀赋素质，也是他自幼就自视甚高、洁身自好的一个原因。

（2）纷吾既有此内美兮，又重之以修能①。
　　扈江离与辟芷兮，纫秋兰以为佩②。
　　……　　　　……
　　惟草木之零落兮，恐美人之迟暮③。
　　不抚壮而弃秽兮，何不改乎此度④。

【释疑】

①纷：繁，多。"纷"是形容词，用于句首，其实是修饰后面的"内美"的，《楚辞》有这种句法。内美：先天的内在的美质，指前面所说的家世出身等。重（chóng）：增加。修能：美好的容态。

②扈：披。江离、辟芷、秋兰：都是香草。纫：连缀。佩：佩戴。

③迟暮：年老。

④抚：占有。壮：壮年。秽（huì）：错误，恶行。度：行为准则，道德风范。

【今译】

我已有这么多内在美质，再加上优雅的仪表容颜。

身披着芬芳的鲜花香草，头戴着美丽的秋兰花环。

……　　　　……

草木会凋谢零落，美人会进入暮年。

何不年轻力壮改掉恶习，树立起脱俗的道德风范。

【赏析】

头两句说自己具有先天的良好素质，三、四句用"芷""兰"等香草喻自己后天的道德修养，五、六说像草木会凋零一样，人也会年老；七、八句则直接说年富力强时严格要求自己，改掉不良习气，树立起超凡脱俗的道德风范。屈原非常重视自我道德完善，从屈原那里可以学习到怎样做人。

（3）长太息以掩涕兮，哀民生之多艰①。

……　　　　……

民生各有所乐兮，余独好修以为常②。

【释疑】

① 太息：叹气。掩涕：擦眼泪。

② 好修：爱美。常：常规，准则

【今译】

我擦干眼泪长声叹，百姓的生活太艰难。

…… ……

百姓生活各得其所，洁身自好是我的准则。

【赏析】

屈原在这里提出民生问题，他说的"民生"指百姓生活，比现在说的"民生"概念要小，但可以看出，屈原心里是装着百姓的，他想修明政治，改革朝政，洁身自好，都是为"民"，不是为"己"。

（4）乘骐骥以驰骋兮，来吾道夫先路①。

…… ……

路曼曼其修远兮，吾将上下而求索②。

…… ……

亦余心之所善兮③，虽九死犹未悔。

【释疑】

① 骐骥：良马。来：呼唤词，相当于"来呀"。道：同"导"，引导。

② 曼曼：同"漫漫"，长而无边的样子。修远："修"也是"远"的意思。上下：指千方百计。求索：探求，寻找。

③ 心所善：心中认为好；崇尚。

【今译】

　　　　　骑着骏马疾驰快跑，我来作你的开路先导。

　　　　……　　　　……

　　　　　漫漫无边的改革之路，我将千方百计苦苦寻求。

　　　　……　　　　……

　　　　　这是我所崇尚的美德呀，纵然九死永不反悔。

【赏析】

　　这几句诗展现了屈原立志改革的态度与决心。"乘骐骥以驰骋兮，来吾道夫先路"，改革之初，屈原对楚王还抱有希望，以"乘骐骥"作比喻，表示愿为楚王做改革朝政的先驱；但楚王昏庸，谗人陷害，屈原屡屡遭受打击，就用"路曼曼其修远兮，吾将上下而求索"宣示改革的决心；后来被放逐，改革失败了，他仍然"亦余心之所善兮，虽九死犹无悔"。一个铁骨铮铮的政治家形象矗立在了读者面前，"上下求索""九死未悔"成为千古名句。

【阅读延伸】

　　《离骚》的一大艺术特色是，无论写现实中的遭遇，还是理想中的境界，很少直写其事，而是采用象征性的曲婉手法，如"披芷草""佩秋兰""乘骐骥""戴高冠"，以及"草木零落""美人迟暮"之类，用香草美人喻君子贤人，用恶草臭物喻奸佞小人，正如司马迁所说："其文约（简约），其辞微（含蓄），其志洁，其行廉，其称文小而其指（旨）极大，举类迩（近）而见（现）义远。"

　　《离骚》的另一大艺术特色是，想象丰富而奇特。诗人虚构了一个光怪陆离的神话世界，他自己天马行空，与古人和神仙交往，其中有上古的尧、舜、汤，有传说中的美女宓（mì）妃、有娀（sōng）、二姚，有神仙羲和、飞廉、西皇等。当诗人内心苦闷时，或向他们倾诉，或请他们指点，或与他们辩论。在我国及世界文学中，这种人神交往的境界，只有但丁的《神曲》与之相近。

还有一个问题，如何看待屈原的自杀。梁启超说："屈原一身，同时含有矛盾两极之思想，彼对于现社会极端的怜爱，又极端的厌恶。他有冰冷的头脑，能剖析哲理，又有滚热的感情，终日自煎自焚。彼绝不肯同化于恶社会，其力量又不能感化社会，故与恶社会斗，最后力竭而自杀。彼两种矛盾性日日交战于胸中，结果所产烦闷而自身所不能负担而自杀。彼之自杀，实其个性最猛烈最纯洁的表现。非有此奇特之个性，不能产此文学，亦惟以最后一死，能使其人格与文学永不死也。"梁启超的这段话，道出了屈原自杀的原因和意义。

汉　诗

汉灭秦后，国家统一，国势强大，有一个较长的稳定时期，诗歌创作也随之有了新的发展。与《诗经》《楚辞》相比，内容范围扩展了，艺术手法有创新，涌现了一些优秀佳作，而且不同体裁的诗作，有了不同的风格，这在诗歌发展史上，是一项重大进步，有着重要意义。

　　汉代诗歌有两大贡献，一是乐府诗的出现，二是五言诗的成熟。乐府原本是一个负责收集民间诗乐的政府机构，后来把它收集的诗乐叫乐府诗和乐府曲，简称乐府。乐府诗原来自民间作品，反映下层人民疾苦，直面揭示社会矛盾，情感真挚，将《诗经》开创的现实主义创作传统推向一个新阶段，而且语言质朴，接近口语，对后世诗歌发展影响甚大；乐府诗更多地继承了《诗经》"赋"（记叙）的表现手法，即使是抒情诗，也多有叙事成分，又出现了一些叙事诗，有情节、有人物、有场景，故事情节完整，人物性格鲜明，这在汉以前的诗歌中是极少见的。汉代的五言诗原本来自民间歌谣，后来诗乐分离，失掉了曲调名，形成五言古体。许多文人参与了五言诗创作，使这一诗体成熟起来。汉代诗歌，大都"感于哀乐，缘事而发"，纪实性强，少人工斧痕。但能代表时代特色的大诗人，比如稍后的陶渊明、三曹等还没有出现，中国诗歌还没发展到出诗人如群星璀璨的时代。

1. 垓下歌（项羽）

力拔山兮气盖世，时不利兮骓不逝①。
骓不逝兮可奈何②，虞兮虞兮奈若何③！

【题解】

秦末，群雄并起，项羽起兵反秦，屡败秦军，自立为西楚霸王。项羽勇而少谋，刚愎自用，在与刘邦争夺天下的斗争中，先胜而后败。最后一战，被刘邦的汉军围困在垓（gāi）下（今安徽省灵璧东南），逃至乌江（今安徽省和县境内）自刎而亡。据《史记》记载："项王军壁垓下，兵少食尽，汉军及诸侯兵围之数重。夜闻汉军四面楚歌，项王乃大惊曰：'汉皆已得楚乎？是何楚人之多也！'项王则夜起，饮帐中。有美人名虞，常幸从；骏马名骓，常骑之。于是项王乃悲歌慷慨，自为诗曰：'力拔山兮气盖世……'歌数阕，美人和之。"

【释疑】

① 骓（zhuī）：毛色苍白相杂的马，是项羽的坐骑。项羽曾说："吾骑此马五岁，所当无敌，尝一日行千里。"逝：奔跑。

② 奈何：怎么办。

③ 虞：项羽的宠姬名虞。奈若何：将你如何安排。若，你，指虞。

【今译】

力可拔山气概天下无比，时运不利乌骓不再奔驰。

乌骓不奔驰呀可怎么办，虞呀虞我将怎样安排你！

【赏析】

《垓下歌》表现了英雄末路的无奈和悲壮。项羽起兵八年，大小七十余战，战无不胜，攻无不克，可称为"力拔山兮气盖世"。由于刚愎自用，缺乏战略思维，导致垓下之战身陷重围，无计可施。项羽至死也不明白自己失败的原因，认为是"时不利"，还大呼"天之亡我，非战之罪"。这样一个有勇无谋的人，在死亡前，只能面对爱姬与宝马发出无可奈何的哀叹。

项羽不是诗人，但人之将死，其言也哀，他的《垓下歌》是动了真感情的，倒也悲壮动人。京剧有出戏叫《霸王别姬》，《垓下歌》是剧中重要唱段。由于《霸王别姬》非常流行，《垓下歌》也广为流传。

2. 大风歌（刘邦）

大风起兮云飞扬，威加海内兮归故乡①。

安得猛士兮守四方②。

【题解】

刘邦是汉代开国皇帝，他在战胜项羽，又平定淮南王英布的叛乱后，班师回朝。途中路过他的故乡江苏沛县，召集家乡父老子弟畅饮庆功。席间带着醉意，唱了这首他创作的《大风歌》，志得意满。

【释疑】

① 威：威力。加：凌驾。海内：全国。

② 猛士：威猛有力的人。守：镇守。四方：各地。

【今译】

大风骤起云霞飞扬，威力凌驾全国我胜利回乡。

怎能得到威猛人才给我镇守四方。

【赏析】

这首《大风歌》表现了刘邦在登上帝位后的勃勃雄心。"大风起兮云飞扬"，好像在写天气景象，实指他艰苦的创业过程，他是在风云变幻中夺得政权的。"威加海内兮归故乡"，表现他在家乡父老面前无法掩饰的喜悦心情。"安得猛士兮守四方"，写刘邦在称帝后仍保持清醒头脑，渴望求得贤才，巩固汉家政权。刘邦同项羽一样，是个武夫，不是诗人，但这首诗具有帝王的非凡气魄，《诗人玉屑》引朱熹的话评价这首诗说："千载以来，人主之词，亦未有若是壮丽而奇伟者也，呜呼，雄哉！"刘邦的家乡人在沛县建有"歌风台"，作为对他的怀念。

3. **悲愁歌**（刘细君）

　　吾家嫁我兮天一方①，远托异国兮乌孙王。

　　穹庐为室兮旃为墙，以肉为食兮酪为浆②。

　　居常土思兮心内伤③，愿为黄鹄兮归故乡。

【题解】

　　刘细君，西汉江都王刘建之女。汉武帝元封年间，被作为公主远嫁西域乌孙国（今新疆伊宁市南）。《汉书·西域传》载："乌孙以马千匹聘……乌孙昆莫以为右夫人。"这首诗是刘细君嫁给乌孙国王昆莫后，写的一首思念家乡的诗。

【释疑】

　　① 我家：指西汉朝廷。

　　② 穹庐：游牧民族住的帐篷。旃（zhān）：同"毡"，毛毡。酪：奶酪。

　　③ 居常：指在乌孙住久了。土思：思念故土。

【今译】

　　汉皇嫁我到天的另一方，远弃他国送给乌孙国王。

　　帐篷作住室毛毯是屋墙，吃的牛羊肉奶酪作浆汤。

　　住久了思念家乡好悲伤，盼望化作黄鹄飞回故乡。

【赏析】

　　据《汉书·西域传》载："武帝遣细君为公主，以妻乌孙王昆莫。公主至其国，自制宫室居。岁时一再与昆莫会，置酒饮食。昆莫年老，言语不通，公主悲，乃自作歌。"

　　这是一首悲歌，是一位女子被作为政治交易的牺牲品而远嫁异国的悲歌。刘细君远嫁乌孙国王昆莫，与王昭君到匈奴和亲不同，昭君出塞有缓和民族矛盾的意义；与蔡文姬被虏而嫁匈奴也不同，那是被迫，后来还能赎回。汉武帝时，匈奴强盛，经常侵扰边界。汉武帝采用张骞"断匈奴右臂"的策略，与乌孙国修好，将刘细君嫁昆莫，以孤立匈奴。刘细君的悲剧，是一场政治交易的结局。刘细君嫁到乌孙后，人地两生，生活习俗不同（吃与住都不同），语言不通，悲哀得很；加之昆莫年老，很少见面，甚至昆莫死后，按西域习俗，细君还要嫁给昆莫的孙子岑陬，真是悲不胜悲。久居异域，思乡心切，因此希望化为黄鹄，飞回故乡，看望亲人。全诗有浓郁的民歌风格，语言通俗，情真意切，率直古朴，体现了汉诗"感于哀乐，缘事而发"的现实主义特点。从风格看，模拟《楚辞》的痕迹很明显。

李延年歌（李延年）

北方有佳人，绝世而独立①。

一顾倾人城，再顾倾人国②。

宁不知倾城与倾国③，佳人难再得。

【题解】

汉武帝时，李延年是宫廷乐师。为了把妹妹引荐给汉武帝，写了这首歌。武帝听后，果然召见他妹妹，封为夫人，李延年也因此被封为协律都尉。

【释疑】

① 绝世：绝无仅有。独立：卓越超群。

② 倾：倾倒。

③ 宁（nìng）不知：用在歌词里，起调节音节的作用。

【今译】

北方有位俏丽美人，绝无仅有卓越超群。

眼波一闪倾倒全城人，眼波再闪倾倒全国人。

难怪国人都倾倒，这样的美人太难找。

【赏析】

这首诗赞美一位美女。一般赞美女人的诗，大多作形貌描写，写身材如何美，容貌如何美，等等。这首诗却不写美人本身的"美"，而写美人在他人眼中的"美"。头两句是他人的客观评价，一句"绝世而独立",就把美人捧到天上去了。三、四句的"一顾""再顾",写美女秋波闪动,顾盼传情,在他人那里所引起的客观效果是"倾城""倾国"。这样一位全国着迷的美人,谁能不向而往之呢?末尾两句富有煽动性,说这样的美人你难找到第二个。诗到此处,可想而知,汉武帝马上召见,纳为夫人,那是情理中的事了。

这首诗通俗流畅,还用"宁不知"这样的衬字调整音节,带有明显的歌唱特色。全诗以五言为主,是五言诗的雏形。

【阅读延伸】

这首诗是汉代的流行歌曲,由此,"倾城倾国"成了美女的代称,经常为后人引用。白居易《长恨歌》:"汉皇重色思倾国,御宇多年求不得。"王实甫《西厢记》张生对莺莺说:"我是个多愁多病身,你是个倾国倾城貌。"在通俗小说中,用"倾城倾国"赞美女人,更屡见不鲜。

5. **怨歌行**（班婕妤）

新裂齐纨素①，鲜洁如霜雪。

裁为合欢扇②，团团似明月。

出入君怀袖，动摇微风发。

常恐秋节至，凉飙夺炎热③。

弃捐箧笥中④，恩情中道绝。

【题解】

班婕妤是西汉左曹越骑校尉班况之女，少年时聪慧过人，很有才学，汉成帝时被选入宫中为婕妤（妃嫔的别称）。后来赵飞燕姐妹得宠，谮（zèn，诬陷）害班婕妤，她害怕有生命危险，恳求供养太后于长信宫，写了这首《怨歌行》。行，古诗的一种体裁，如：长歌行、兵车行。

【释疑】

① 新裂：指刚刚裁下来。纨素：精致洁白的细绢。

② 合欢扇：即团扇。

③ 飙（biāo）：冷风。

④ 箧笥（qiè sì）：盛物的竹箱。

【今译】

新裁下的精致细绢，霜雪一样洁白新鲜。

制成一柄玲珑纨扇，明月似的团团圆圆。

整日不离君王手中，发出微风凉爽细缓。

常怕秋天即将到来，将夏日炎热都驱散。

团扇被遗弃进竹箱，君王恩情中途而断。

【赏析】

　　这是一首很早的宫怨诗，特点是借扇写怨。从字面看，句句写扇，实际是借纨扇写宫女的哀怨之情，诗的含义与班婕好的身世遭遇相切合。纨扇的"鲜洁如霜雪"，象征婕好的姣美；"出入君怀袖"，表明她曾得到君王的宠信；"凉飙夺炎热"，是说遭人诬陷而失宠；"弃捐箧笥中，恩情中道绝"，道出被打入冷宫的不幸命运。这是班婕好的不幸，也倾诉了所有宫女的哀怨与不平。钟嵘《诗品》评这首诗"词旨清捷，怨深文绮"。这首诗的特点是题旨鲜明，辞采秀丽，情致哀怨。唐代宫怨诗很多，大都是这种情调。

6. 五噫歌（梁鸿）

陟彼北芒兮[①]，噫！

顾瞻帝京兮[②]，噫！

宫阙崔巍兮[③]，噫！

民之劬劳兮[④]，噫！

辽辽未央兮[⑤]，噫！

【题解】

梁鸿，幼年家贫好学，后曾读书于太学。与妻子孟光隐居霸陵山中，夫妻相敬如宾，据说孟光每次为丈夫备饮食，都"举案齐眉"，传为佳话。梁鸿有次外出，路过洛阳，目睹华丽的宫殿，写《五噫歌》，嗟叹帝宫的奢侈，以及给人民带来的无穷劳苦。汉章帝读了这首诗，非常生气，欲治梁鸿的罪，梁鸿改名梁耀，避居齐鲁，得以保全性命。"噫"是个感叹词，相当现代汉语的"啊"，因为诗中有五个"噫"，故名《五噫歌》。

【释疑】

① 陟（zhì）：登高。北芒：在洛阳市北部。古都洛阳，北部是贵族区，南部是平民区。

② 帝京：指洛阳。

③ 崔巍：高大。

④ 劬（qú）劳：劳苦。

⑤ 辽辽：无边无涯。未央：没结束。

【今译】

> 登上北芒高处，啊！
>
> 远望帝京洛阳，啊！
>
> 皇宫高大辉煌，啊！
>
> 人民无穷劳苦，啊！
>
> 茫茫永无终期，啊！

【赏析】

　　五句诗，前三句叙事，后两句抒情。一、二句交代登上北芒，远望洛阳，三句写看到好大一片崔嵬而辉煌的皇宫，不仅连连发出惊呼：噫！噫！噫！帝京宫阙，蜿蜒百里，高大巍峨，金碧辉煌，哪一处不是人民的血汗？诗人对帝王的穷奢极欲，忿忿不平。后两句又发出两声惊呼，抒发内心的感慨：噫！噫！这些宫殿带给人民的是无穷的劳苦，这种劳苦是永无终期的呀！这首诗，对帝王奢侈无度的愤怒，对人民劳苦不止的同情，都凝聚在五个"噫"中，有深沉的意蕴，有强烈的节奏感，感染力很强。这种揭露，对统治者来说切中要害，很痛的，所以汉章帝要杀梁鸿。东汉初年的诗，即使是文人所写，民歌味道也颇浓，大都直抒胸臆，古朴率真，后来文人的那种雕章琢句的毛病，还没侵入到诗歌领域来。

【阅读延伸】

　　上面选了六首汉初的短诗，都以"歌"为诗题，说明此时的汉诗创作还没脱离《诗经》《楚辞》的范式，诗还是供歌唱的，多用民歌形式，也可明显看出，正在向五言诗过渡。

7. 四愁诗（张衡）

我所思兮在太山①，欲往从之梁父艰②，侧身东望涕沾翰③。

美人赠我金错刀④，何以报之英琼瑶⑤。

路远莫致倚逍遥⑥，何为怀忧心烦劳！

我所思兮在桂林，欲往从之湘水深，侧身南望涕沾襟。

美人赠我金琅玕⑦，何以报之双玉盘⑧。

路远莫致倚惆怅，何为怀忧心烦伤！

我所思兮在汉阳⑨，欲往从之陇坂长⑩，侧身西望涕沾裳。

美人赠我貂襜褕⑪，何以报之明月珠。

路远莫致倚踟蹰，何为怀忧心烦纡⑫！

我所思兮在雁门，欲往从之雪雰雰，侧身北望涕沾巾。

美人赠我锦绣缎，何以报之青玉案⑬。

路远莫致倚增叹，何为怀忧心烦惋！

【作者简介】

张衡，东汉著名文学家、科学家。曾两度出任太史令，执掌天文，创造了世界上最早的浑天仪和地动仪，为我国古代科学发展作出了不可磨灭的贡献。有代表作《两都赋》《归田赋》，《四愁诗》是他的诗歌代表作。

【题解】

　　这首诗最早见于《文选》。《文选》是我国最早的一部诗文选集，南朝昭明太子萧统编辑，又名《昭明文选》。这首诗前面有个小序，序中有这样的话："时天下渐弊，为《四愁诗》，效屈原以美人为君子，以珍宝为仁义，以水深雪雾为小人。思以道术相报，贻于时君而惧馋邪不得以通。"有人考证，此序是后人所加，不是张衡所写。不管此序是不是张衡手笔，都可以作为理解这首诗寓意的依据。序中所说的"时"，指汉顺帝年间，张衡出任河间相，河间王刘政骄奢淫逸、不遵法度，许多豪门大户也以刘政为靠山横行不法。张衡深为厌恶，写《四愁诗》抒发心中郁闷。从诗的内容看，诗中所写的"美人""山""水""雪"以及各种赠品，都有所寄托。

【释疑】

　　① 太山：即泰山。

　　② 从：跟随，拜访。梁父：泰山下的小山。

　　③ 翰：衣襟。

　　④ 金错刀：用黄金装饰刀柄的佩刀。

　　⑤ 何以：以何，用什么。报：回报。英琼瑶：美玉。

　　⑥ 致：到，送到。倚：语助词。逍遥：这里是徘徊不安之意。

　　⑦ 金琅玕（gān）：用黄金嵌镶的美玉，即常说的"金镶玉"。

　　⑧ 双玉盘：美玉的盘子

　　⑨ 汉阳：指天水郡，在甘肃省东部，东汉时名汉阳。

　　⑩ 陇坂：即陇山，在今陕西陇县。

　　⑪ 襜褕（chān yú）：直襟的衣衫。

　　⑫ 烦纡（yū）：烦闷。

⑬青玉案：青玉做的小几（小桌）。

【今译】

我所思念的美人在泰山，要去拜会梁父中间阻拦，
转身东望泪湿衣衫。
美人赠我金饰佩刀，我回赠她珍珠玛瑙。
路远难送到徘徊不安，怎不让我心烦意乱！

我所思念的美人在桂林，要去拜会湘水太深，
转身南望泪湿衣襟。
美人赠我金镶玉，我回赠她白玉盘。
路远难送到惆怅无限，怎不让我苦闷不堪！

我所思念的美人在汉阳，要去拜会陇山高又长，
转身西望泪湿衣裳。
美人赠我貂皮服，我回赠她明月珠。
路远难送到踟蹰不前，怎不让我愁思绵绵！

我所思念的美人在雁门，要去拜会大雪纷纷，
转身北望泪湿胸巾。
美人赠我锦绸缎，我回赠她青玉案。
路远难送到再三喟叹，怎不让我惋惜伤感！

【赏析】

诗分四章，每章七句。唐吴兢《乐府古题要解》说："右《四愁》，汉张衡所作，伤时之文也。其旨以所思之处乃朝廷，美之为君子，珍玩为义，岩险雪霜为谗谄，其源本出于《楚辞·离骚》。"另外，五臣（注释《文选》的人）对这首诗有注释，如对各章的第三句，五臣注曰："意愁王室，志所不安，故侧身而望也。"对各章的

四、五两句，五臣注曰："喻君荣我以爵禄，愿报以仁义之道，以成君德也。"对各章第六句，五臣注曰："小人在位，必不容贤者所入，谗邪执政，忠臣莫致，虽欲报君以仁义，谗邪所疾，如路远不可致也。"吴兢的解析和五臣的注释都符合原诗小序的提示。"我所思"确实是在"思"国君，为什么思国君？张衡用"美人赠我金错刀""金琅玕""貂襜褕""锦绣缎"，表示国君对他不薄，他要回报国君。"何以报之？"张衡用"英琼瑶""双玉盘""明月珠""青玉案"，比喻儒家的仁义大道，他要用这些大道理劝国君励精图治，强国强民。但他又知道，谗佞小人当道，恰如"梁父艰""湘水深""陇坂长""雪纷纷"，他的仁义大道会"莫致"，到达不了国君那里，他的良苦用心不会起作用。所以最后只能"心烦劳""心烦伤""心烦纡""心烦惋"了。

这首诗重叠往复、一唱三叹，四章只差几个字的表现手法，显然源于《诗经》；以美玉、珍玩为喻，显然源于《楚辞》；语言浅白，接近口语，又开启了汉诗创作的先河。张衡的《四愁诗》正起到了由古诗向汉诗过渡的承上启下作用。

8. 疾邪诗（赵壹）

河清不可俟^①，人寿不可延。

顺风激靡草^②，富贵者称贤。

文籍虽满腹^③，不如一囊钱。

伊优北堂上，抗脏倚门边^④。

【题解】

赵壹，东汉末年人，为人耿直，恃才傲物，拒不做官，几次遭诬陷，几乎被判死刑，赖友人相救得免。作《刺世疾邪赋》，揭露现实社会的种种黑暗现象。《刺世疾邪赋》中有诗二首，假托秦客与鲁生所歌。这里选一首，是借"秦客"之口抒发心中不平之气。疾邪，即嫉恨邪恶。

【释疑】

① 河清：古人传说，黄河一千年清一次，黄河一清，就会出现清明的政治局面。俟（sì）：等待。

② 激：指风猛吹。靡草：软弱的草。靡，倒下。

③ 文籍：文章典籍，代指才学。

④ 伊优：奉迎谄媚。北堂：指富贵人家住所。抗脏：爽直刚正。

【阅读思路】

这首诗头两句是排比，后几句是对比，请按着这一线索来理解其内容。

【今译】

> 很难等到政治清明，无法延长人的寿命。
>
> 首先吹倒的是弱草，被人叫好的是阔佬。
>
> 满腹文章经典，不如口袋有钱。
>
> 谄媚奉迎室内高坐，爽直刚正站立门侧。

【赏析】

首句先说，黄河一千年才清一次，作为凡夫俗子，很难等到政治清明的那一天；二句接着说，人的寿命又无法延长，想等到政治清明更加无望了。这两句诗的话外之音是：生逢乱世，政治不会清明。三、四句是一组对比：柔弱草（顺民）先倒，而富贵者（富而不仁者）却被"称贤"。这两句等于说，老实人受气，坏人得意，这是指责社会风气不正。五、六句是第二组对比，满腹的才学没有用，不如口袋里揣着钱，人们的价值观扭曲了。最后两句是第三组对比，拍马溜须的受重用，能登堂入室；而敢说真话的人被摈斥，弃置门边，这是揭露统治者用人不公。诗名叫"疾邪"，一股愤世嫉俗之情贯穿始终，尖锐地揭露了社会道德风气的败坏，批判了富贵者的腐朽。语言犀利，情绪激愤，口无遮拦，揭露深刻。

【阅读延伸】

这类激愤诗，在古诗中数量不在少数。写这类诗的人，多是落魄文人或失意政客，你说它是揭露也好，说它发牢骚也罢，其矛头所指，都是社会中的不良、不公、不平现象。这类诗的作者，因为远离权力中心，对不良、不公、不平现象看得更清楚，揭露出来有积极意义，诗的价值也在这里。稍后的嵇康、阮籍等人的诗，大多是这种风格。

9. 上 邪（乐府）

上邪①！我欲与君相知②，长命无绝衰。山无陵③，江水为竭，冬雷震震④，夏雨雪⑤，天地合⑥，乃敢与君绝。

【题解】

这是首乐府诗，乐府诗是继《诗经·国风》后，另一民间文学瑰宝。同《国风》一样，这首诗原无诗题，以开头两字为题。

【释疑】

① 上邪（yè）：即"老天啊"。上，指天。

② 相知：相爱。

③ 陵：山峰。

④ 震震：雷声。

⑤ 雨雪：下雪。雨，作动词。

⑥ 天地合：天与地合在一起。

【今译】

上天啊！我想与郎永相爱，今生今世不分开。山变平地，江水干涸，冬天打雷，夏天下雪，天地合一，才会与郎离别。

【赏析】

这是一首海誓山盟般的爱情宣言，是女子向她所爱的心上人直抒心曲，她发誓要与心上人终生相爱。假如有外来干扰，非让他们分手不可呢？她提出五个条件，这五个条件都是人所共知的自然现象，都是绝对不可能出现的自然法则。既然绝对不可能出现，那么，她的爱情就能如她所愿，"长命无绝衰"了，祝福这位可敬的女子吧。这首诗感情炽烈，取喻生动，直抒胸臆，有浓厚的民歌色彩。

【阅读延伸】

还有一首民歌，与这一首有异曲同工之妙，介绍给大家："枕上发尽千般愿，要休且待青山烂。水面上秤锤浮，直待黄河彻底枯。白日参辰现，北斗回南面。休即未能休，且待三更见日头。"这位女士对待"休"（中断爱情）的态度，比上一位还要坚决。她先提出五个不可能发生的条件，假如大自然发生特殊变异，这五个条件意外出现了呢？她又提出新的条件："休即未能休，且待三更见日头"。假如这一条件又意外出现呢？可以预料，她还会提出其他条件，比如："骡子生出小牛犊，老太太胡子合抱粗"。这就由自然现象发展到生理现象了。总而言之，她是绝对不能"休"了。

10 箜篌谣（乐府）

结交在相知，骨肉何必亲。

甘言无忠实①，世薄多苏秦②。

从风暂靡草③，富贵上升天。

不见山巅树，摧杌下为薪④。

岂甘井中泥，上出作埃尘。

【题解】

箜篌，古代的一种乐器。以箜篌为题，只表明是首歌谣，与诗的内容没有关系。

【释疑】

① 甘言：甜言蜜语。

② 苏秦：战国时政客，曾挂六国相印，合纵攻秦。他未发达时，嫂子对他很傲慢，后做六国相，嫂子对他又很谦恭，苏秦笑谓嫂子曰："何前倨而后恭也？"这一故事表现了人情的淡薄。

③ 靡草：草被风吹倒。

④ 摧杌（wù）：摧折倒下。

【今译】

朋友相交在于知心，不知心骨肉至亲也不会亲近。

甜言蜜语不会忠实，世情淡薄犹如遭人前倨后恭的苏秦。

大风吹来小草暂时折倒，富贵上天难保不会掉下。

请看看山顶那棵大树，被人砍倒变成烧火的柴禾。

岂能甘心永远做井底泥巴，升到地面做粒尘土也风光一下。

【赏析】

这首诗抒发了对世态炎凉的感慨，表达了积极向上的人生态度。头两句是历经沧桑的人生经验谈：人与人的关系在于知心，如果知心，朋友间会倾力相助；如果不知心，至亲骨肉也会变成路人。三、四句从反面举出两种人情常态：甜言蜜语是虚情假意，不会忠实；人情淡薄，就会瞧不起暂时失意的人，世态炎凉，让人心寒。五、六句从正反两面阐明人生的富与贫、走运与倒霉是会相互变换的：大风吹来，小草暂时倒下，风过以后，又会生机勃勃；富贵得意，似乎升上了天，但天空虚无缥缈，难保不掉下来，而且升得高，摔得重，这是客观事实。七、八句举例证实这一事实：你瞧山顶那棵大树，多么茂盛而荣耀，如今被人砍倒，成了烧火木柴。人世间这种事多得很，跌倒的可以爬起来，升天的也会掉下来，事情总是辩证发展的。九、十两句表示不甘沉沦：岂能长久作为井底泥巴，不见天日；总有一天要升到地面，即使作为一粒微尘，也要生活在阳光下，比井底泥巴强得多。

这首诗对人情浅薄感到不满，人生态度是积极向上的，不屈服于冷漠的处境，而要努力改变现状，起码要从井底升到地面。这种抗争意识，是值得后世学习的。

11. 君子行（乐府）

君子防未然①，不处嫌疑间。

瓜田不纳履②，李下不正冠③。

嫂叔不亲授④，长幼不比肩⑤。

劳谦得其柄⑥，和光甚独难⑦。

周公下白屋⑧，吐哺不及餐。

一沐三握发，后世称圣贤。

【题解】

这是一首说理诗，说的是"君子"应该注意的事项，即避嫌问题。行，表示是歌谣体裁。这首诗纯然说理，多处用典，显然是一首文人作品。

【释疑】

① 防未然：即成语"防患未然"，在祸患没发生前就做好防备。

② 纳履：低头提鞋。履，鞋。

③ 李：李子树。

④ 嫂叔：嫂子和小叔子（丈夫的弟弟）。不亲授：不过于密切的接触。

⑤ 比肩：并肩站在一起。

⑥ "劳谦"句：这句诗的意思是，勤劳谦恭才有把握避嫌。劳谦，勤劳谦恭。语出《周易》："劳谦，君子有终。"柄，把柄。

⑦ 和光：与别人保持一致，和谐。语出《老子》："和其光，同其尘。"

⑧ "周公"句：周公指姬旦，他是周武王姬发的弟弟。武王死后，儿子成王年幼，由周公姬旦辅佐。周公勤于政事，礼贤下士，亲自到白茅盖顶的白屋访查，整天忙碌不堪，乃至吃一顿饭要停三次（一饭三吐哺），洗一次头也要停三次（一沐三握发），来接待客人或处理政务。周公这样勤恳治国，为后世树立了楷模，被尊为圣贤。

【今译】

> 君子防患于未然，不要处在嫌疑间。
>
> 瓜田不低头提鞋，李下不抬手正冠。
>
> 嫂叔不过分亲密，长幼不并肩而站。
>
> 勤劳谦恭足能避嫌，和谐处世实在太难。
>
> 周公亲到白屋查访，三次吐哺不顾用餐。
>
> 一沐三停握发待客，后世人人尊为圣贤。

【赏析】

这首诗的中心议题是避嫌，头两句直接入题，提出君子要学会立身处世，远离是非地，防患于未然。下面四句举出四个例子，证明头两句的立论：瓜田之内不低头提鞋，防止别人怀疑你偷瓜；李子树下不抬手正冠，防止别人怀疑你摘果；嫂叔之间不过分亲密，防止别人怀疑你行为不端；长幼有序不并肩而立，防止别人说你没礼貌。四个例子，从生活小事到人伦大节，把抽象的道理证明得清清楚楚。接着又引经据典，进一步证明"避嫌"的立论：《易经》说"劳谦"能避嫌，《老子》说"和光"能避嫌，都是至理名言，要牢记在心。最后用周公为例，再次证明避嫌的重要性：周公辅佐成王，因成王年幼，有人造谣，说周公要篡夺王位。周公用勤于政事和慎言慎行，证明了自己的清正和廉洁，因此被后人树为圣贤。

这首诗说教成分较浓，"嫂叔不亲授，长幼不比肩"流露出封建意识，但所谈道理还是有警觉作用。"瓜田李下"成了著名成语，用具体形象代替抽象议论，是这首诗的特点，对后人写说理诗有示范意义。

12. 陌上桑（乐府）

　　日出东南隅，照我秦氏楼。秦氏有好女，自名为罗敷。罗敷喜蚕桑，采桑东南隅。青丝为笼系，桂枝为笼钩。头上倭堕髻①，耳中明月珠。缃绮为下裙②，紫绮为上襦③。行者见罗敷，下担捋髭须④。少年见罗敷，脱帽著帩头⑤。耕者忘其犁，锄者忘其锄。来归相怨怒，但坐观罗敷⑥。

　　使君从南来，五马立踟蹰⑦。使君遣吏往，问是谁家姝？"秦氏有好女，自名为罗敷。""罗敷年几何？""二十尚不足，十五颇有余。"使君谢罗敷："宁可共载否⑧？"罗敷前置辞⑨："使君一何愚。使君自有妇，罗敷自有夫。东方千余骑，夫婿居上头。何用识夫婿？白马从骊驹⑩。青丝系马尾，黄金络马头。腰中鹿卢剑，可值千万余。十五府小吏，二十朝大夫，三十侍中郎，四十专城居。为人洁白皙，鬑鬑颇有须⑪。盈盈公府步，冉冉府中趋⑫。坐中数千人，皆言夫婿殊。"

【题解】

　　这首乐府诗，从所使用的词语看，应该是在民歌基础上，由文人加工而成。写一个聪明的女孩子巧妙地拒绝使君的调戏，题材比较新颖。《陌上桑》即大路边的桑林，是故事发生的场所，用以为题。

【释疑】

　　① 倭堕髻：俗名叫堕马髻，发髻偏在一侧，好像要坠下来，是

古代流行的发型。

②　缃：杏黄色。

③　襦（rú）：小袄。

④　行者：过路的人。下担：放下担子。

⑤　帩（qiào）头：包头的纱巾。

⑥　坐：因为。

⑦　使君：汉代太守一类的官。踟蹰（chí chú）：徘徊不前。

⑧　共载：一同坐车，意思是娶回家，这是对罗敷的调戏。

⑨　置词：上前答话。

⑩　骊：纯黑的马。

⑪　鬑鬑（lián）：形容须发疏细。

⑫　盈盈：轻快的样子。冉冉：从容缓慢的样子。

【赏析】

　　诗的主题是赞扬民间女子坚贞、机警，敢于反抗官员调戏，塑造了一个美丽、聪明、善辩的女子形象，但没作正面描写。开头是侧面渲染，用采桑的器物、梳理的发髻、穿戴的服饰，渲染女子非同凡响。接着又侧面烘托，用旁观者（行者、少年、耕者、锄者）对女子神魂颠倒地观瞧，渲染女子惊人的美丽。这一切都为下面女子与使君的对话做铺垫。有了这一铺垫，再写下面的"夸夫"，就令人可信了。"夸夫"中的夫婿是虚拟，以她的身份（采桑的劳动妇女）与年龄（二十尚不足），不会有那样的夫婿。但这一段明显夸张的言词吓退了使君，这正是女子的聪明与善辩。使君是个可笑的家伙，他见色起意，癞蛤蟆想吃天鹅肉。女子的一句"使君一何愚"，就道出了他的蠢相。全诗用渲染烘托、虚实结合的写法，增强了艺术魅力。

【阅读延伸】

诗中的女子"自名秦罗敷",是假托,不是真名实姓。罗敷是古代美女的泛称,在很多文学作品中出现过。《孔雀东南飞》中也有"自名秦罗敷"的诗句。有出戏叫《桑园会》,那里面的女子也叫罗敷。有人考证,罗敷是汉代邯郸郡王仁的妻子。这是一种将文学历史化的错误倾向,牵强附会,毫无意义。做学问的人,绝不能走这条路。"使君"是个什么官?诗中有"五马立踟蹰"的话,古代诸侯出行用五马拉车,汉代的太守也可以用五马。诗中的"使君"是不是太守呢?可能是,也可能不是,用不着去考究。诗中只是用"五马"表示这是一个很大的官,至于是什么官衔,与诗的主题无关。

13. **羽林郎**（乐府）

　　昔有霍家奴①，姓冯名子都。

　　依倚将军势，调笑酒家胡②。

　　胡姬年十五，春日独当垆③。

　　长裾连理带，广袖合欢襦。

　　头上蓝田玉，耳后大秦珠。

　　两鬟何窈窕，一世良所无。

　　一鬟五百万，两鬟千万余。

　　不意金吾子④，娉婷过我庐⑤。

　　银鞍何煜爚⑥，翠盖空踟蹰。

　　就我求清酒，丝绳提玉壶。

　　就我求珍肴，金盘脍鲤鱼。

　　贻我青铜镜，结我红罗裾。

　　不惜红罗裂，何论轻贱躯⑦。

　　男儿爱后妇，女子重前夫。

　　人生有新旧，贵贱不相逾。

　　多谢金吾子⑧，私爱徒区区⑨。

【题解】

　　《羽林郎》，是经过文人加工的乐府民歌，加工者名辛延年，写一个军官调戏酒家女子，并遭到严辞拒绝的故事。与上篇《陌上桑》

主题相同，写法有同有异。现加些注释，请读者自己去分析。

【注释】

① 霍家：霍光在西汉任大司马、大将军。说"昔有"，表明是假托，用"霍家"代表有权势的豪门贵族。

② 酒家胡：卖酒的胡人女子。

③ 当垆：指卖酒。垆，是用土垒的卖酒柜台。

④ 金吾子：本是军官名，这里代指调戏胡女的那个家奴。

⑤ 娉（pīng）婷：本义是美好，这里是假装友好，嬉皮笑脸的意思。

⑥ 煜爚（yù yuè）：光彩夺目。

⑦ "红罗裂"与"轻贱驱"两句，是说不惜撕裂罗裙，以死相拼。

⑧ 多谢：郑重宣告，是拒绝的婉辞。

⑨ 私爱：指一厢情愿的爱。区区：形容小，一钱不值。

孔雀东南飞（乐府）

　　汉末建安中①，庐江府小吏焦仲卿妻刘氏，为仲卿母所遣②，自誓不嫁。其家逼之，乃投水而死。仲卿闻之，亦自缢于庭树。时人伤之③，为诗云尔④。

　　孔雀东南飞，五里一徘徊。

　　十三能织素⑤，十四学裁衣，十五弹箜篌⑥，十六诵诗书，十七为君妇，心中常苦悲。君既为夫吏，守节情不移⑦。贱妾留空房，相见常日稀。鸡鸣入机织，夜夜不得息。三日断五匹，大人故嫌迟⑧。非为织作迟，君家妇难为。妾不堪驱使，徒留无所施⑨。便可白公姥⑩，及时相遣归。

　　府吏得闻之，堂上启阿母⑪："儿已薄禄相⑫，幸复得此妇。结发同枕席，黄泉共为友⑬。共事二三年⑭，始而未为久。女行无偏斜，何意致不厚⑮？"阿母谓府吏："何乃太区区⑯。此妇无礼节，举动自专由⑰。吾意久怀忿，汝岂得自由！东家有贤女，自名秦罗敷。可怜体无比⑱，阿母为汝求。便可速遣之，遣去慎莫留。"府吏长跪告，伏惟启阿母⑲："今若遣此妇，终老不复娶！"阿母得闻之，槌床便大怒⑳："小子无所畏，何敢助妇语。吾已失恩义，会不相从许㉑。"

　　府吏默无声，再拜还入户。举言谓新妇，哽咽不能语："我自不驱卿㉒，逼迫有阿母。卿但暂还家，吾今且报府㉓。不久当归还，还必相迎取。以此下心意㉔，慎勿违吾语。"新妇谓府吏："勿复重纷纭㉕。往昔初阳岁，谢家来贵门㉖。奉事循公姥，进止敢自专？昼夜勤作息，伶俜萦苦辛㉗。谓言无罪过，供养卒大恩㉘。仍更被驱遣，何言复来还？妾有绣腰襦㉙，葳蕤自生光㉚。红罗复斗帐，四角垂香囊。箱帘六七十，绿碧青丝绳。物物各自异，种种在其中。人贱物亦鄙，不足迎后人。留待作遗施㉛，于今无会因㉜。时时为安慰，久久莫相忘。"

鸡鸣外欲曙，新妇起严妆㉝。著我绣夹裙，事事四五通；足下蹑丝履，头上玳瑁光。腰若流纨素，耳著明月珰㉞。指如削葱根㉟，口如含朱丹。纤纤作细步，精妙世无双。上堂谢阿母㊱，母听去不止㊲。"昔作女儿时，生小出野里。本自无教训，兼愧贵家子。受母钱币多，不堪母驱使。今日还家去，念母劳家里㊳。"却与小姑别㊴，泪落连珠子："新妇初来时，小姑始扶床，今日被驱遣，小姑如我长㊵。勤心养公姥，好自相扶将㊶。初七及下九㊷，嬉戏莫相忘。"出门登车去，涕落百余行。

府吏马在前，新妇车在后。隐隐何甸甸，俱会大路口。下马入车中，低头共耳语："誓不相隔卿，且暂还家去。吾今且赴府，不久当还归，誓天不相负。"新妇谓府吏："感君区区怀。君既若见录㊸，不久望君来。君当作磐石，妾当作蒲苇。蒲苇韧如丝，磐石无转移。我有亲父兄，性行暴如雷。恐不任我意，逆以煎我怀㊹。"举手长劳劳，二情同依依㊺。

入门上家堂，进退无颜仪㊻。阿母大拊掌㊼："不图子自归㊽。十三教汝织，十四能裁衣，十五弹箜篌，十六知礼仪，十七遣汝嫁，谓言无誓违㊾。汝今何罪过，不迎而自归？"兰芝惭阿母㊿："儿实无罪过。"阿母大悲摧。还家十余日○51，县令遣媒来。云有第三郎，窈窕世无双。年始十八九，便言多令才。阿母谓阿女："汝可去应之。"阿女衔泪答："兰芝初还时，府吏见叮咛○52，结誓无别离。今日违情义，恐此事非奇㊙。自可断来信㊙，徐徐更谓之㊙。"阿母白媒人："贫贱有此女，始适还家门㊙。不堪吏人妇，岂合令郎君。幸可广问讯㊙，不得便相许。"媒人去数日㊙，寻遣丞请还。说有兰家女，丞籍有宦官。云有第五郎，娇逸未有婚。遣丞为媒人，主簿通语言。直说太守家，有此令郎君。既欲结大义，故遣来贵门。阿母谢媒人㊙："女子先有誓，老姥岂敢言。"阿兄得闻之，怅然心中烦。举言谓阿妹："作计何不量㊿，先嫁得府吏，后嫁得郎君。否泰如天地，足以荣汝身㊿。不嫁义郎体，其往欲何云㊿？"兰芝仰头答："理实如兄言。谢家事夫婿，中道还兄门。处分适兄意，那得自任专。虽与府吏约㊿，后会永无缘。登即相许和，便可作婚姻。"媒人下床去，诺诺复尔尔㊿。还部白府君㊿："下官奉使命，言谈大有缘。"府君得闻之，心中大喜欢。视书复开历，便利此月内，六合正相应。"良吉三十日，今已二十七，卿可去成婚。"交语速装束，络绎如浮云。青雀白鹄舫，四角龙子幡，婀娜随风转；金车玉作轮，踟蹰青骢马，流苏金缕鞍。赍钱三百万，皆用青丝穿。杂采三百匹，交广市鲑珍。从人四五百，郁郁登郡门。阿母谓阿女："适得府君书㊿，明日来迎汝。何不作衣裳，莫令事不举。"阿女默无言，手巾掩口啼，泪落更如泻。移我琉璃榻，出置前窗下，左手执刀尺，右手执绫罗，朝成绣夹裙，晚成单罗衫。奄奄日欲暝㊿，愁思出门啼。

府吏闻此变，因求假暂归。未至二三里，摧藏马悲哀㊿。新妇识马声，蹑履相逢迎，怅然遥相望，知是故人来。举手拍马鞍，嗟叹使心伤："自君别我后，人事不可量㊿。果不如先愿，又非君所详。我有亲父母，逼迫兼弟兄。以我应他人㊿，君还何所望！"府吏谓新妇："贺君得高迁。磐石方且厚，可以卒千年；蒲苇一时韧，便作旦夕间。贺卿日胜贵，吾独向黄泉。"新妇谓府史："君何出此言！同是被逼迫，君尔妾亦然。黄泉下相见，勿违今日言。"执手分道去，各各还家门。生人作死别，恨恨那可论。念与世间辞，千万不复全。

府吏还家去，上堂拜阿母："今日大风寒，寒风摧树木，严霜结庭兰。儿今日冥冥⑦，令母在后单⑦。故作不良计⑦，勿复怨鬼神。命如南山石，四体康且直⑦。"阿母得闻之，零泪应声落："汝是大家子，仕宦于台阁。慎勿为妇死，贵贱情何薄⑦。东家有贤女，窈窕艳城郭。阿母为汝求，便复在旦夕。"府吏再拜还，长叹空房中，作计乃尔立⑦。转头向户里，渐见愁煎迫⑦。

其日牛马嘶，新妇入青庐。奄奄黄昏后，寂寂人定初⑦。"我命绝今日，魂去尸长留。揽裙脱丝履，举身赴清池。府吏闻此事，心知长别离。徘徊庭树下，自挂东南枝。

两家求合葬，合葬华山傍⑦。东西植松柏，左右种梧桐。枝枝相复盖，叶叶相交通⑩。中有双飞鸟，自名为鸳鸯。仰头相向鸣，夜夜达五更。行人驻足听，寡妇起彷徨。多谢后世人⑧，戒之慎勿忘⑧。

【题解】

这首乐府民歌又名《古诗为焦仲卿妻作》，是一首长篇叙事诗，记叙的是一桩爱情悲剧。全诗353句，1765字，是古代民歌最长的叙事诗。从前面小序看，诗形成于汉末建安年间。这首诗多年选入中学教材，大家应该比较熟悉。孔子说："学而时习（时常温习）之，不亦说（悦）乎！"现在重温这首优秀的长篇叙事诗，也应"不亦悦乎"。

【释疑】

① 建安：汉献帝年号。

② 遣：指妻子被丈夫休回娘家。

③ 伤：同情，哀悼。

④ 为诗云尔：作诗这样说。

⑤ 素：白色丝绢。

⑥ 箜篌（kōng hóu）：一种乐器，与古瑟相似。

⑦ 守节：指仲卿作为小吏尽职尽责。

⑧ 故：故意刁难。

⑨ 无所施：无所作为，没有用。

⑩ 公姥（mǔ）：指婆婆。

⑪ 启：禀告。

⑫ 薄禄相：古人迷信，认为可以从相貌预判人的福禄寿。这里的意思是一副贫贱相。

⑬ 结发同枕席，黄泉共为友：这两句是说，年轻的时候我们是相亲相爱的夫妻，死后也要在一起做朋友。结发，古代男二十、女十五要把头发盘在头顶，叫"结发"，意味着成年人了。黄泉，指死后。

⑭ 共事：在一起生活。

⑮ 致不厚：惹得你对她不宽厚。致，导致，引起。

⑯ 区区：有两个含义，一是微小，在这一句引申为心胸狭小；二是同"拳拳"，忠爱专一的意思。下文的"感君区区怀"，用第二个意思。

⑰ 自专由：不向老人请示，自己做主。

⑱ 可怜：可爱。

⑲ 伏惟：对长辈的恭敬词。伏，低头弯腰。惟，思念。

⑳ 槌（chuí）：拍。

㉑ 会不：决不。

㉒ 卿：这里是仲卿对兰芝的亲昵称呼。

㉓ 报（fù）府：指到庐江府办公。报，同"赴"。

㉔ 下心意：忍受委屈。

㉕ 重纷纭：再找麻烦。纷纭，零乱。

㉖ 初阳岁：指冬至节，古人认为冬至到来，阳气初动。谢：
辞别。

㉗ 伶俜（pīng）：孤单。萦苦辛：被苦辛缠绕。

㉘ 卒大恩：一直报答婆婆的大恩。卒，最终完成。

㉙ "妾有绣腰襦"以下八句：写兰芝从娘家带来的嫁妆。

㉚ 葳蕤（wēi ruí）：草木枝叶繁茂的样子，这里形容绣腰襦上
的刺绣。

㉛ 遗施：赠送，施舍。这句的意思是说，把嫁妆留给仲卿，再
由仲卿送给别人。

㉜ 会因：相会的机会。

㉝ 严妆：郑重地梳妆。

㉞ "著我绣夹襦"以下六句：写兰芝的梳妆打扮，表示面临被
驱遣，态度仍庄严冷静。丝履：丝绸做的鞋。玳瑁光：指首饰。流
纨素：腰间系的丝带。明月珰：明月珠的耳坠。

㉟ "指若削葱根"以下四句：写兰芝精妙无双的美貌。

㊱ 谢：辞别。

㊲ 去不止：指婆婆任兰芝离去而不挽留。

㊳ 劳家里：为家中的活受劳累。

㊴ 却：退。指从婆婆屋退出来。

㊵ 如我长：长得如同我一样高。

㊶ 扶将：搀扶。扶，搀着。将，领着。

㊷ 初七：指农历七月初七，妇女祭祀织女，乞巧。下九：旧时
将每月二十九叫上九，初九叫中九，十九叫下九。在这一天，妇女
聚会做游戏。

㊸ 见录：喜爱我。

㊹ 逆：违背，指违背誓约。煎我怀：心里受熬煎。

㊺ 劳劳：怅然若失的样子。依依：恋恋不舍的样子。

㊻ 无颜仪：感到脸上无光彩。

㊼ 拊（fǔ）掌：双手合击拍掌，是一个表示惊讶的动作。

㊽ 不图：没想到。自归：旧俗女子出嫁后，娘家没去接，自己回来了，意味着被休弃了。

㊾ 无誓违：没有过错。

㊿ 惭阿母：在母亲面前感到惭愧。

(51)“还家十余日”以下六句：写县令派人来求婚。便言：口才好。令才：美好的才能。这是媒人夸奖县令的儿子。

(52) 见叮咛：嘱咐我。

(53) 非奇：不合情理。奇，奇异，不合常规。

(54) 断来信：回绝媒人。信，信使，指媒人。

(55) 徐徐：慢慢。更为之：再作商量。

(56) 始：刚刚。适：出嫁。

(57) 广问讯：多方打听，指向其他人家求婚。

(58)“媒人去数日”以下十二句：写太守又派人来求婚。寻：不久，很快。丞、主簿：都是官名，是太守派来的媒人。娇逸：美好。结大义：即结亲。

(59) 谢媒人：谢绝媒人。

(60) 作计：作打算。不量：不加考虑。

(61) 否（pǐ）泰：坏与好。原是《易经》中的两个卦名，“否”是坏运，“泰”是好运。荣汝身：让你荣华富贵。

(62) 其往欲何云：往后打算怎么办，意思是不能常在娘家住。

(63) 约：誓约。

⑭ 诺诺尔尔：犹如说"是，是，就这样，就这样"。诺，是。尔，这样。

⑮ 从"还部白府君"到"郁郁登郡门"：都是写太守准备迎娶兰芝的盛况，一写太守"心中大喜欢"（视书复开历），二写急于迎娶（良吉三十日，今已二十七），三写聘礼之昂贵（金车、玉轮、赍钱、杂采等），四写迎娶场面之盛大（从人四五百，郁郁登郡门），以此来映衬兰芝这个媳妇的难得与可贵。视书、开历：指翻阅历书，选择吉日。六合：指按天干地支计算生辰八字，即子与丑合，寅与亥合，巳与申合，午与未合，所以说"正相应"。交语：指太守吩咐手下人快去采购聘礼。赍（jī）钱：赠送钱。郁郁：形容人多热闹。

⑯ 适：刚刚。书：指成亲的书信。

⑰ 奄奄：同"晻晻"，天色昏暗。

⑱ 摧藏：伤心。

⑲ 不可量：难以预测。

⑳ 应他人：许配给别人。

㉑ 儿今日冥冥：这句的意是说，我现在如同"日冥冥"（天黑了），暗示活不长了。

㉒ 不良计：不好的打算，暗指自杀。

㉓ 令母身后单：意思是我死后让母亲一人孤单。

㉔ "命如"两句：是祝福母亲的话，希望母亲寿如南山石，身体硬朗健康。

㉕ 贵贱情何薄：意思是说，仲卿贵，兰芝贱，休掉她不算情薄。

㉖ 作计乃尔立：主意就这样拿定了。

㉗ 渐见愁煎迫：被忧愁煎迫。见，被。

⑦ 寂寂：寂静。人定：人要安歇的时候，指亥时（晚上十一点左右）。

⑦ 华山傍：华山旁边。傍，同"旁"。

⑧ 交通：连接在一起。

⑧ 多谢：敬告，致意。

⑧ 戒之：记住，引以为戒。

【阅读思路】

1. 这首诗塑造了兰芝、仲卿、焦母、刘兄四个人物形象，用这四人的矛盾冲突推动故事情节的发展，请按这一线索，大致分一下全诗情节段落。

2. 分析一下兰芝的性格特点以及这一人物形象的社会意义。

3. 在汉代，封建主义的意识形态与宗法制度已经很完整。本诗所写的悲剧，不只是婆媳、兄妹间的家庭冲突，而是人性与宗法制度的冲突。请反复阅读全诗，找一找哪些词语揭示了这种宗法制度？

4. 本诗的开头、结尾，对揭示主题思想有什么意义？

【今译】

这首诗语言较通俗，不作全诗的今译，只翻译一小段。请读者也选取你喜欢的段落，试着作一下今译。

仲卿骑马前头走，兰芝坐车随后跟。夫妻相会大路口，车轮滚滚揪人心。仲卿下马入车中，与妻附耳切切语："对天盟誓不相弃，你且暂时回家去，我到府衙避一避。不久我去迎接你，天塌地陷不分离。"兰芝低头答夫君："谢你爱我一片心。你既爱我不分离，我当日夜盼佳音。你是磐石擎天立，我是蒲苇草一根。磐石无人能移动，蒲苇如丝柔又韧。但我还有兄长在，性情暴躁不容人。唯恐不能如我意，想起这些心如焚。"夫妻握别心若失，两情依依痛在心。

【赏析】

读高中时，第一次接触《孔雀东南飞》，当时的印象是：兰芝是一位完美无缺的儿媳，这样的儿媳，竟不能容于恶婆婆，真是天道不公。莫非真像人们所说，婆婆与儿媳是天敌吗？后来给学生讲解这首诗，方才悟到，这不仅仅是婆媳之间的矛盾，而是有着深远的社会意义。它歌颂的是忠贞爱情，控诉的是宗法制度。

这首诗情节完整，有起因，有结局，有中间波折。除开头、结尾外，全诗可分成五个情节段落：兰芝自诉、母子矛盾、夫妻交心、兄妹矛盾、夫妻殉情。在这些人事纠葛与多种矛盾中，诗人完成了兰芝形象的塑造。

兰芝的形象，几近完美。她聪明伶俐，多才多艺，可谓智者；她忠于爱情，至死不渝，可谓仁者；她深明大义，善解人意，可谓义者；她自尊自持，忍辱负重，可谓勇者。开头的自诉，"十三、十四、十五、十六"，展示了她的"才"；"鸡鸣入机织"，表明了她的"勤"；"一日断五匹"，显示了她的"技"。这一切还只是她的个人素质，难能可贵的是她心怀仁义，推己及人，对母亲，她是"兰芝惭阿母"；对小姑，她是"泪落连珠子"；对丈夫，她想的是"结誓不别离"，丈夫埋怨她时，她也只是说"君尔妾亦然"；婆婆虽恶，她仍然"上堂谢阿母"，"念母劳家里"；哥哥虽凶，她仍然认为"中道还兄门，处分适兄意"。更难能可贵的是，她自尊自重，勇于抗争。她不屈服于婆婆的故意刁难，主动提出"及时相遣归"；面临被驱逐的羞辱，她沉着冷静，与婆婆"严妆"告别；对兄长的"怅然心中烦"，她是"兰芝仰头答"；被逼无奈时，她毅然决然说："登即相许合，便可作婚姻"，表明已下定必死决心。临死前，还是那样的冷静，"揽裙脱丝履，举身赴清池"。到此，这一完美形象的塑造完成了最后一笔。

这样一位完美的媳妇，为什么不能容于婆婆，不能容于那个社会呢？封建主义的宗法制度，对女人的要求是，贤淑（听话）、温顺（软弱）、曲从（不辨是非），这就是所谓的"妇德"。这些所谓的"妇德"，目的是泯灭人性，培养"自觉"的奴隶。兰芝恰恰不能曲从于这种"妇德"，她不屈服于婆婆的故意刁难，这就注定了她必然的悲惨命运。宗法制度埋葬了千百万妇女，兰芝只是其中一个。《孔雀东南飞》的社会意义，就是通过兰芝这一形象，控诉宗法制度的罪恶。

与兰芝相比，仲卿的形象复杂一些，他忠于爱情，也曾同母亲做过抗争（今若遣此妇，终老不复娶），并最后以死殉情，但宗法制度对他有很深影响。他受封建主义的孝道观念支配，在婆媳冲突中，表现软弱，幻想"爱"与"孝"两全。当事态步步紧逼，直到兰芝死后，他对爱的忠贞才升华为反抗，"自挂东南枝"。

焦母式的人物并不鲜见，满脑袋封建思想。"此妇无礼节，举动自专由"，表现了她封建主义的婆媳观；"吾意久怀忿，汝岂得自由"，表现了她封建主义的家长意识；"汝是大家子，仕宦于台阁"、"慎勿为妇死，贵贱情何薄"，表现了她封建主义的门第观念，这是一个典型的恶婆婆。刘兄是类似的充满封建意识的人物，对妹妹的遭遇不仅不同情，反而斥责妹妹"作计何不量"，"其往欲何云"，家长意识何其重；与太守结亲，认为"否泰如天地，足以荣汝身"，门第观念何其强，一个典型的市侩。

诗的开头，虽只有"孔雀东南飞，五里一徘徊"两句，却用起兴手法，营造了一个左右盘桓、缠绵悱恻的气氛，与全诗的感情基调协调一致。结尾用浪漫主义手法，通过"连理枝""双飞鸟"，表达了人们的爱情理想，也表达了对弱者的同情。最后两句"多写后世人，戒之慎勿忘"，发人深省，意味深长。

【阅读延伸】

在古典诗歌中，以妇女为题材的作品，数量很大。以妇女为题材，多写婚姻爱情；写婚姻爱情，又多是悲剧。这是因为在男权社会，妇女始终扮演着被侮辱与被损害的角色。《礼记·本命》记载："女有七去，不顺父母去，无子去，淫去，妒去，有恶疾去，多言去，窃盗去。"这就是休妻的所谓"七出"，随便按个罪名，女人就被打入地狱了。《水浒传》的作者施耐庵是个天才小说家，但他的妇女观也有问题，潘金莲、潘巧云、宋江的妾、卢俊义的妻，都因"淫"被杀。就是在梁山入伙的所谓女中强人，孙二娘是母夜叉，顾大嫂是母老虎，剩下一个扈三娘，还被宋江随随便便送给了王矮虎做妻子。这种描写不公平，对"半边天"是个羞辱。读了《孔雀东南飞》，我们为女人长出一口气。读文学作品，要有自己的分析，不要轻信道学家的言论。

在文学史上，人们历来对《孔雀东南飞》的艺术性评价极高。沈德潜《古诗源》说："淋淋漓漓，反反复复，杂述十数人口中语，而各肖其声音面目，岂非画工之笔。"又说："作诗贵剪裁，入手若叙两家家势，末段若叙两家如何悲恸，岂不冗漫拖沓？故竟以一、二语了之。极长诗中具有剪裁也。"陈祚明《采菽堂古诗选》说："凡长诗不可不频频照应，不则散漫。篇中如十三织素云云，吾今且赴府云云，磐石蒲苇云云，及鸡鸣之于牛马嘶，前后两默无声，皆是照应法。乃神化于法度也。"这种评价是恰当的。我国古典长篇叙事诗很少，《孔雀东南飞》前没有，《孔雀东南飞》后，也只有白居易的《长恨歌》《琵琶行》等寥寥数篇。《孔雀东南飞》故事之完整，叙事之生动，人物形象之鲜明，至今仍让人叹为观止。这是一块瑰宝，应反复熟读、切磋。

15. 上山采蘼芜（乐府）

上山采蘼芜①，下山逢故夫②。长跪问故夫，新人复何如③？
新人虽言好，未若故人姝④。颜色类相似⑤，手爪不相如⑤。
新人从门入，故人从阁出⑥。新人工织缣⑦，故人工织素⑧。
织缣日一匹⑨，织素五丈余。将缣来比素，新人不如故。

【题解】

　　这是首叙事诗，写一个弃妇与前夫的对答，揭露封建礼教对妇
女的摧残。

【释疑】

　　① 蘼芜：一种香草，其叶风干后可作香料。

　　② 故夫：前夫。

　　③ 新人：前夫新娶的妻子。

　　④ 姝：好。

　　⑤ 颜色：容貌。

　　⑥ 手爪：指纺织的手工技能。

　　⑦ 缣：黄绢。

　　⑧ 素：白绢。

　　⑨ 匹：汉制布帛四丈为一匹。

【今译】

　　　　上山采集蘼芜草，下山与夫偶相遇。

跪拜问声前丈夫，新娶媳妇可如意？

新娶媳妇虽不错，相比还是不如你。

容貌与你差不多，纺织技能有差距。

新妻刚从前门入，旧妻已从后门去。

新妻擅长织黄绢，旧妻织素更优异。

黄绢一日织一匹，织素一日五丈余。

我拿黄绢比白素，新妻远不如旧妻。

【赏析】

　　"上山采蘼芜"是夫妇对话的起因，正因为弃妇上山劳动，下山时才和前夫偶然相遇，引出下面的问与答。"新妇复何如？"是弃妇问，从"长跪"看，弃妇性格温顺且有礼貌，已经被弃，仍然关心前夫现在的生活。接下来的四句是前夫的回答：新妻虽然不错，但与前妻相比，容貌差不多，纺织技能却远不如，比较起来还是前妻好。从前夫的回答看，这个弃妇与《孔雀东南飞》中刘兰芝命运相似，夫妻感情原本不错，很可能又是婆婆看不上眼而被夫家抛弃。"新人从门入，故人从阁去"，是诗歌作者的评论，揭露封建礼教的无情，只见新人笑，不顾旧人哭，妇女的命运任人摆布。最后六句是前夫的再次回答：新妇织缣一日一匹，前妻织素一日五丈余，因而"新人不如故"。

　　这首诗别具特色。从内容看，劳动人民的择妻标准更看重劳动技能，容貌在其次；从写法看，全诗由对话组成，更觉内容真实可信。诗的情调是怒而不争，满肚子委屈不敢直言，更让人觉得封建礼教的阴森可怖。

16. **四坐且莫喧**（乐府）

四坐且莫喧①，愿听歌一言。请说铜炉器，崔嵬像南山②。
上枝似松柏③，下根据铜盘④。雕文各异类，离娄自相联⑤。
谁能为此器？公输与鲁班⑥。朱火然其中⑦，青烟扬其间。
从风入君怀，四坐莫不叹。香风难久居，空令蕙草残⑧。

【题解】

这是一首咏物言志诗，所咏之物是香炉，借对香炉的赞美，抒
发壮志难酬的心情，惋惜贤者被毁的不平社会现象。

【释疑】

① 坐：同"座"，指座位上的人。喧：吵闹。

② 崔嵬：形容高大耸立。

③ 上枝：指铜炉上雕像的上枝像松柏。

④ 下根：指铜炉下座与铜盘连在一起。

⑤ 各异类：指铜炉上雕刻的图案各不相同。离娄：犹言玲珑，
形容雕刻花纹相互交错。

⑥ 公输、鲁班：我国古代著名的工匠，即公输般，春秋时鲁国
人。"般"与"班"同音，故称"鲁班"。

⑦ 朱火：红火。然：同"燃"。

⑧ 蕙草：香草。

【今译】

　　四座听客莫大声喧，请听歌者唱上一言。

且看这只铜制香炉，高高耸立宛如南山。

雕像上枝酷似松柏，下座连着一个铜盘。

雕刻图案各不相同，花纹玲珑交错相连。

谁人制成此等宝器？只有巧匠公输鲁班。

红红炉火燃烧其中，青青香烟飘扬其间。

香烟随风飘入君怀，四座看客莫不赞叹。

香风很难持久保存，又让香草损毁凋残。

【阅读思路】

凡咏物诗，单纯咏物者极少，通常都是借物言志。所言之"志"是什么，又不直说，而是隐含在所咏之物中，要仔细体味。

【赏析】

头两句是个开场白，意思是四座听客不要吵闹，请听我唱上一曲，这是乐府歌辞惯用的开头语。下面八句描写香炉的精美和珍贵：赞美香炉像南山一样高大峻伟，炉上雕刻的图案如松柏郁郁葱葱，花纹各异，玲珑剔透。特别指出此香炉是巧工能匠鲁班所制造，愈显其珍贵。再下面四句，写香炉招人喜爱：炉内火焰通红，炉上青烟缭绕，香气四溢，在座的人都啧啧称赞。写到此，所言之"志"是什么，还没显露出来，最后两句才透出端倪："香风难久居，空令蕙草残"。诗人在惋惜香炉的香风难持久，又使香草损毁凋残。原来前面赞美香炉，暗喻贤才的卓然不群与受人爱戴，最后用"香风难持久"指出有才者不能人尽其才，往往半路被毁，其志难酬，抒发的是一种惋惜心情。

这首诗借物言志，婉转隐约地表达对社会现实的不满，寓意深远，有讽诫意义。

十五从军征（乐府）

十五从军征，八十始得归①。道逢乡里人，家中有阿谁？

遥望是君家，松柏冢累累。兔从狗窦入②，雉从梁上飞③。

中庭生旅谷④，井上生旅葵。春谷持作饭，采葵持作羹。

羹饭一时熟，不知贻阿谁⑤。出门东向望，泪落沾我衣。

【题解】

东汉末年，天下大乱，战争频繁，给人民带来深重灾难。这首诗通过一位老兵的自述，揭示了这种黑暗现实。

【释疑】

① 始：才。

② 狗窦：狗洞。

③ 雉（zhì）：野鸡。

④ 旅谷：野生的谷子。下句的"旅葵"是野生的葵菜。

⑤ 贻（yí）：送，给。

【今译】

年方十五就当兵，直到八十才回归。

路上遇见家乡人，打听家中还有谁？

远看就是你的家，松柏树下坟累累。

野兔刚从狗洞入，野鸡正在屋梁飞。

庭院里面长野谷，水井旁边生野葵。

春点野谷做成饭，采些野葵做汤水。

饭汤很快都做好，不知饭汤送给谁。

出门东望空茫茫，泪水沾湿我的衣。

【赏析】

开头两句，用"十五""八十"概括了老兵的一生，十五被迫出征，八十才得回家，六十五年的岁月，出生入死，不知经历了多少苦难，一生都交给战乱了。回家路上遇见老乡，急忙打听家人情况，"家中有阿谁"是老兵的询问。老乡告诉他：前面不远就是你家，松柏树下那累累坟头就是你的家人。这消息不啻一声晴天霹雳，几十年苦苦盼望与家人团聚，是他赖以生存的精神支柱，在这一回答中彻底崩溃，他陷入绝望中。回到家一看，满目凄凉，野兔从狗洞入，野鸡在梁上飞，庭院长满野谷，井傍布满野葵，家已不是家，成了野兔、野鸡出没的地方。他无可奈何，春些野谷做饭，采些野葵做汤，他几十年朝思暮想，与家人一起吃顿团圆饭，现在饭汤做好了，他孑然一身，与谁一起吃呢！他踱出门外，目望远方，老泪纵横，哭湿衣衫。他似乎要诉说，要呼喊，但已没有没有力气，把一个撕心裂肺的沉默留给了读者，这无声的控诉，将战乱带给人民的灾难，揭露无遗。

这首诗看似缓缓道来，不露声色，以平淡见悲怆，成功地塑造了一个老兵的悲剧形象。通过典型人物、典型事件、典型环境，再现现实生活，是现实主义的表现手法，比声嘶力竭的谴责更加深刻，这正是现实主义的力量。

18. 悲 歌（乐府）

悲歌可以当泣^①，远望可以当归。

思念故乡，郁郁累累^②。

欲归家无人，欲渡河无船。

心思不能言，肠中车轮转^③

【题解】

战乱年代，许多家庭被拆散，人们有家不得归，思乡成了诗歌的重要主题，每个流浪在外的人，都是一曲悲歌。

【释疑】

① 可以：在这里是"聊以"的意思。当：代替。

② 郁郁：愁闷的样子。累累：形容愁闷很深。

③ 车轮转：形容心情不平静，像车轮上下翻滚。

【今译】

悲歌聊以代替哭泣，远望聊以代替回家。

思念故乡，愁闷深重不堪。

很想回家家中无人，又想渡河河中无船。

心里有话难以诉说，心情就像车轮翻转。

【赏析】

首句"悲歌可以当泣"，照应题目中的"悲"，为全诗奠定哀痛情调。"远望当归"表达有家不得归的痛苦心情。"郁郁累累"写因思念家乡而苦闷不堪。"欲归家无人"，是说亲人死的死，散的散，家已不成其家；"欲渡河无船"，是说孤立无助，陷于绝境。最后两句说，悲痛的心情难以用语言表达，但悲痛无法消失，一直像车轮翻滚一样，折磨着心肠，把悲伤情绪推向高潮。

这首诗既不写景，也不叙事，而是以肺腑之言，直抒胸臆，抒情层层深入，情感由浓到烈，不加雕饰，以情动人。

长歌行（乐府）

青青园中葵，朝露待日晞①。
阳春布德泽，万物生光辉②。
常愁秋节至，焜黄华叶衰③。
百川东到海，何时复西归。
少壮不努力，老大徒伤悲。

【题解】

《长歌行》是乐府古题。长歌、短歌、行，都是指歌的曲调，与内容无关。

【释疑】

① 葵：葵菜，古代的一种可食用的菜，不是向日葵。晞（xī）：让太阳晒干。

② 阳春：春天。德泽：恩惠，这里指春天的阳光雨露。

③ 焜（kūn）黄：植物枯黄。华，同"花"。

【今译】

园中葵菜长势正旺，叶上露水早已晒干。
阳春三月雨露普降，滋润万物生机盎然。
常怕秋天骤然而至，花落叶黄景象凄惨。
少壮之年不知努力，老大无成徒然心酸。

【赏析】

这首诗主题思想很明确，就是篇末两句话。这是一个严肃的话题，事关人的成长。长辈大概都曾用这两句话教育过青少年，但不知道这两句话出自这首诗。诗的头两句用"葵"和"露"起兴，"青青"是说葵正处在青壮期，而露水却见阳光就消失。这一对比已含有"少小不努力，老大徒伤悲"之意。下面引出两个比喻：一是阳春季节，万物葱茏，进入秋季，就花落叶枯。这是用自然规律说明时光无情，稍忽即逝。二是江水滔滔，汹涌澎湃，但流入大海，一去不返。这是用江水提醒人们，莫让青春年华付诸东流。最后，很自然地揭示了主题："少壮不努力，老大徒伤悲"。全诗都在说理，但毫无道德说教气味，循循善诱，浑然天成，这正是民歌的魅力，绝对有别于冬烘先生的道德说教。

行行重行行（古诗）

行行重行行，与君生别离①。

相去万余里，各在天一涯。

道路阻且长，会面安可知。

胡马依北风，越鸟巢南枝②。

相去日已远，衣带日已缓③。

浮云蔽白日，游子不顾返。

思君令人老，岁月忽已晚④。

弃捐勿复道⑤，努力加餐饭。

【题解】

　　《行行重行行》是《古诗十九首》的第一首。《古诗十九首》产生于东汉末年，是汉代的文人作品，代表着五言诗的成熟。清人沈德潜对《古诗十九首》有个很好的介绍，他说："古诗十九首不必一人之辞，一时之作。大率逐臣弃妻、朋友阔绝、游子他乡、死生新故之感，或寓言，或显言，或反复言，初无奇辟之思或惊险之句，而西京古诗皆在其下，是为国风之遗。"作者多是失意文人，现已不知作者姓名。十九首诗的共同主题，是表现游子、思妇、失意文人的复杂心情。在动乱年代，许多人生活不得安生，《古诗十九首》写出了他们的共同心境，所以这些诗历来受到人们的喜爱。稍后的陶渊明、鲍照、曹植等人的作品，都具有《古诗十九首》的风格，它们的渊源都植根于国风（《诗经》）。

【释疑】

① 从"与君"二字看，这首诗是以思妇口吻写的。

② 胡马：北方产的马。依北风：是说胡马南来后仍思念北方。越鸟：越国在江南，越鸟即南方的鸟。巢南枝：是说南方的鸟北来后仍思念南方。

③ 缓：宽松。由于受思念折磨，人消瘦了，衣服显得宽松了。

④ 忽：很快。

⑤ 弃捐：抛弃。勿复道：别再说了。

【阅读思路】

1. "胡马""越鸟""浮云"是隐喻，弄清楚这三句隐含的意思，就明白诗的主题了。

2. 体味末尾两句所表现的思妇的心态。

【今译】

> 你外出后又外出，我与夫君生别离。
> 夫妇相隔万里遥，天各一方忍孤寂。
> 道路阻隔长又远，何日相见谁能知。
> 胡马南去望北方，越鸟北来依南枝。
> 你我别离日久远，人渐消瘦衣渐宽。
> 浮云蔽日心已变，受人蛊惑不愿返。
> 想你想得发鬓白，岁月匆匆不饶人。
> 算了算了别再提，吃饱睡足由他去。

【赏析】

这首诗写思妇对游子的苦苦思念，写出了思妇的复杂心态。诗中一是直接描写思念之情，如"生别离"写思念之痛，"天一涯"

写思念之苦，"安可知"写思念之切；二是运用隐喻手法，寄托思念之情，用"胡马依北风，越鸟巢南枝"，比喻思乡是人之常情，"马"与"鸟"尚且思乡，人的心态更应该如此。"浮云蔽白日"的隐喻又深进一层，思妇由于受苦苦思念的折磨，心生疑窦，疑心游子受外来因素蛊惑，才久久不归，这是人的必然心态。最后说，算了吧，不再提它，还是先吃饱饭要紧。这是思妇的自宽自解，自艾自怜，是无可奈何之举，这仍然是人的必然心态。这种种心态，是思念亲人时人所共有的，所以这首诗引发了人们的心灵共鸣，受到普遍喜爱。

【阅读延伸】

有位叫朱筠的人，在《古诗十九首说》一文中说："'不顾返'者，本是游子薄幸，不肯直言，却托诸浮云蔽日。言我思子，而子不思归，定有谗人间之，不然，胡不返耶？"这看法有些偏颇。写浮云蔽日，本是思念之苦的一波三折，只是"疑"，并未当真，更没到怨恨"游子薄幸"的程度。思妇明明知道游子不归，是时局混乱所致，不禁由思生疑，只是"疑"而已，并没生恨。假若生恨，就落入怨妇的俗套了。

青青河边草（古诗）

青青河畔草，郁郁园中柳①。

盈盈楼上女，皎皎当窗牖②。

娥娥红粉妆，纤纤出素手③。

昔为娼家女，今为荡子妇④。

荡子行不归，空床难独守。

【题解】

这首诗是《古诗十九首》的第二首，也属于思妇诗，只是这位思妇的身份特殊一些，是个从良后的娼女。

【释疑】

① 郁郁：（草木）茂盛。

② 盈盈：轻快。皎皎：本义是明亮，这里当指窗外景色。牖（yǒu）：窗户。

③ 娥娥：娇媚。纤纤：细长。

④ 荡子：在外游荡的人。

【今译】

青青绿绿的河边小草，郁郁葱葱的园中杨柳。

轻轻盈盈地思妇上楼，痴痴呆呆地窗外细瞅。

娥眉粉面地艳妆打扮，又细又长的一双小手。

昔日原本娼家之女，现今做了荡子媳妇。

荡子远行迟迟不归，寂寞空房一人独守。

【赏析】

"当窗牖"（透过小窗向外望）是这首诗的中心词，诗中所写都是女主人公"当窗牖"的所见所想；"难独守"是这首诗的主题，她为什么"当窗牖"呢？因为独守空房，心情不平静。开头写"草"、写"柳"，是女子"当窗牖"所见，同时交代了时间，是一个春日。春天来了，惠风习习，杨柳依依，应当是夫妇携手踏青的日子，而诗中的女子却只能透过一个小窗与外界沟通，这里面包含着作者对女子的同情。中间的"盈盈""皎皎""娥娥""纤纤"，塑造了一个艳妆少妇形象，这一描写也包含着作者的同情。这种同情揭示了下层妇女的不幸命运。诗中的"荡子"是什么样的人？是无法归来还是有意不归？诗中没写，读者自己去想象吧。这首诗善用叠字，读起来流畅悦耳，别有韵味。

【阅读延伸】

古诗中所写的"娼"，与后来所说的"娼妓"不完全是一个概念，大多指以歌舞为业的女艺人。在封建社会，这是一个遭人歧视的弱势群体，文人阶层对这一群体大多持同情态度，比如宋代词人柳永经常写到"娼"。明代冯梦龙在白话小说《警世通言》中也写了苏三与杜十娘两位名娼，都是作为正面人物写的，后来被编成戏剧，成为热演剧目。冯梦龙笔下的"荡子"李甲（杜十娘嫁的丈夫）是薄情寡义人，遭到斥骂；而王金龙（苏三的情人）有情有义，受人尊敬。从中可以看出，人们对下层弱势妇女的同情。

迢迢牵牛星（古诗）

迢迢牵牛星，皎皎河汉女①。

纤纤擢素手，扎扎弄机杼②。

终日不成章③，泣涕零如雨。

河汉清且浅，相去复几许④。

盈盈一水间，脉脉不得语⑤。

【题解】

这是《古诗十九首》的第十首，主题也是写思妇伤别。这首诗最早较完整地提到牛郎、织女的神话传说。

【释疑】

① 迢迢：遥远。牵牛星：是天鹰星座的主星，在银河南。这里指神话传说中的牛郎。河汉女：即织女星，是天琴星座的主星，与牵牛星隔河相对，在银河北。这里指神话传说中的织女。河汉，指银河。

② 擢（zhuó）：摆动。扎扎：织布声。杼（zhù）：旧式织布上的梭子。

③ 章：布帛的纹理，这里指布。

④ 相去：相隔，相离。几许：有多远。

⑤ 间：间隔。盈盈：水清浅的样子。脉脉（mò）：含情注视的样子。

【阅读思路】

1. 这首诗初看只是写一个神话传说，其实是借神话而另有寄托。想一想牛郎与织女的关系，以及他们只能隔河相望而不得团聚的原因，就明白诗的寄托是什么了。

2. "泣涕零如雨"为这首诗定下感情基调，这不只是写"哀"，也是在写"怨"，根据最后两句体会一下这种感情。

【今译】

> 河那头遥遥站着牛郎，河这头默默立着织女。
>
> 能见到摆手的身影，能听到机杼的声音。
>
> 终日织布不成匹，终年相思泪如雨。
>
> 这清而无情的银河水呀，阻隔着脉脉含情的好伴侣。
>
> 银河之水清且浅，一河相隔如万里。

【赏析】

这首诗写的是天上的一对夫妻，观望着他们的却是地上的男男女女。望着这对活活被拆散的夫妻，人们自然联想到人间的爱情悲剧。诗中对牵牛与织女的描写，寄托着怨别的情绪。牛郎、织女只隔着一条河，而且河水清且浅，为什么不能团聚呢？诗中没说。但不说自明，是有一股强大的恶势力将他们硬行拆开。人间也是如此，动乱的时局拆散了一个个家庭，使他们陷入"泣涕零如雨"的悲惨境地，他们的心情，不仅是"哀"，而且有"怨"。从这首诗的语气看，是一个思妇在自泣自诉，"怨"气虽大，诗的风格还是委婉的。这首诗与《青青河边草》一样，也善用叠词，增强了艺术感染力。

【阅读延伸】

牛郎与织女的传说，很早就有了。在文学作品中，这首诗首次写得较具体。东汉的班固在《西都赋》中说："临乎昆明之地，左牵牛而右织女，似云汉之无涯。"可知在汉代这一传说已经很流行了。曹植《九咏》说："牵牛为夫，织女为妇。织女、牵牛之星各处河鼓之旁，七月七日乃得一聚。"有了七夕相会的日期，传说越来越完整了。再往后，牛郎织女的传说不仅在文学作品中屡屡出现，在民间更是家喻户晓，夏天户外乘凉，奶奶总会遥望天空，指指点点，给孙子讲牛郎织女的故事。

23 青青陵上柏（古诗）

青青陵上柏^①，磊磊涧中石^②。

人生天地间，忽如远行客。

斗酒相娱乐，聊厚不为薄。

驱车策驽马^③，游戏宛与洛^④。

洛中何郁郁^⑤，冠带自相索^⑥。

长衢罗夹巷^⑦，王侯多第宅^⑧。

两宫遥相望^⑨，双阙百余尺^⑩。

极宴娱心意^⑪，戚戚何所迫^⑫。

【题解】

这是古诗十九首的第三首，写游子对人生短促的感慨。

【释疑】

① 陵：山陵。

② 磊磊：形容山石层层交错。

③ 策：本指赶马用的棍子，这里用作动词，是"赶"的意思。
驽马：劣马。

④ 宛与洛：代指繁华的城市。宛，宛县（今河南省南阳市），
汉时有"南都"之称。洛，洛阳市，东汉的京城。

⑤ 郁郁：繁华热闹的景象。

⑥ 冠带：指达官贵人。索：拜访。

⑦ 长衢：大街。夹巷：小巷。罗：罗列，一个接一个。

⑧ 第宅：府第宅院。

⑨ 两宫：指洛阳城内南北相望的两座宫殿。

⑩ 双阙：宫殿上左右相对的望楼。

⑪ 极宴：尽情宴饮。

⑫ 戚戚：愁闷。迫：煎熬。

【今译】

> 山上松柏郁郁葱葱，山涧盘石层层交错。
>
> 人生立足天地间，匆匆如同一过客。
>
> 斗酒虽少足欢乐，不必计较礼厚薄。
>
> 驾着破车骑劣马，游戏南阳与京洛。
>
> 洛阳城中好繁华，达官贵人互相访。
>
> 条条大街连小巷，王侯老爷府第广。
>
> 两宫南北遥相望，宫殿望楼高百丈。
>
> 尽情宴饮心欢娱，何必愁闷自懊丧。

【赏析】

开头先以自然景色起兴，"青青陵上柏，磊磊涧中石"，"松"与"石"都具有持久不衰的永恒性。而人呢，与松石相反，"人生不满百，忽如远行客"，人生于天地间，最多几十年的工夫，如匆匆赶路的过客，刚想歇歇脚，又不得不离去了。用自然的永恒与人生的短促对比，对人是一种警告。面对这短促的人生，诗人的态度是及时行乐，"斗酒相娱乐，聊厚不为薄"，当乐则乐，不计厚薄。"驱车策驽马，游戏宛与洛"，是上一句的延伸，"驽马"与上句的"斗酒"一样，都表示并不具备行乐的充分条件，也要到繁华城市"乐"它一番；"游戏"二字写出了人生态度的轻狂。这种人生态度当然是消极的，颓废的，但引发这种人生态度的原因是什么呢？下面六句极力写城市的繁华奢侈，大街小巷布满王侯宅第，两宫遥望，双阙百尺，王公贵族车水马龙，互访互乐。原来诗人的及时行乐是对王公奢侈生活的反弹。最后两句是诗人的感慨：尽情享乐吧，何必终日戚戚，自寻烦恼。

　　人生短促易逝，是《古诗十九首》的重要主题。由此可知，《古诗十九首》的作者多是一些失意文人，他们用诗揭露社会的黑暗现实，是其积极面；宣扬及时行乐的人生态度，是其消极面。对这些诗，应批判地阅读。

24. 生年不满百（古诗）

　　生年不满百，常怀千岁忧。

　　昼短苦夜长，何不秉烛游①。

　　为乐当及时，何能待来兹②。

　　愚者爱惜费，但为后世嗤③。

　　仙人王子乔，难可与等期④。

【题解】

　　这是《古诗十九首》的第十五首，写失意文人的感慨与牢骚，反映了一个特殊阶层人的心理。

【释疑】

　　① 秉：拿。

　　② 来兹：将来。

　　③ 嗤：耻笑。

　　④ 等期：同样的期望。

【今译】

　　　　人生很难活百岁，却怀千年忧与愁。

　　　　白日苦短嫌夜长，何不秉烛作夜游。

　　　　若想行乐当及时，未来幻想不可求。

　　　　惜钱不用最愚蠢，后人笑你是财奴。

　　　　服丹成仙王子乔，空想原本是虚无。

【赏析】

这首诗在《古诗十九首》中较为特殊，一是取材角度离开了思妇荡子的主题，二是写法以议论为主。诗的内容写失意文人的牢骚。一、二句将短暂的人生与繁多的忧虑做对比，意思是说这样多愁善感不明智。三、四句是头两句的自然延伸，说忧愁者怕夜长，不如作彻夜长游，驱走忧愁。这显然是理想不得实现的一种感慨。下面转入议论，五、六句提出自己的想法：及时行乐，不幻想未来。后面的四句，讥讽两种人的愚昧做法，一种人惜财如命，不知行乐；另一种人服食丹药，幻想成仙。用对这两种人的否定，加强及时行乐的想法。失意文人由于政治上无出路，经常自以为看破红尘，成了"达者"，而别人都是"愚者"。"及时行乐"是他们的普遍心理，这当然是消极的，是对现实不满的扭曲反映。这首诗就是以"达者"口吻，表述这种扭曲心理。但以议论的语气，一路写来，倒也痛快淋漓。

【阅读延伸】

清末文学大师王国维在《人间词话》中说："'生年不满百，长怀千岁忧。昼短苦夜长，何不秉烛游'，写情如此，方为不隔。""隔"是王国维提出的一个文艺评价标准，什么叫"隔"？我体会，具有形象性，有话直说，痛快淋漓，是"不隔"；故作隐晦，扭扭捏捏，镜里看花，水中观月，是"隔"。"千岁忧"写出忧之深，"秉烛游"写出忧之甚，直言直语，说尽说透，是为"不隔"。

25 **凛凛岁云暮**（古诗）

凛凛岁云暮①，蝼蛄夕鸣悲。

凉风率已厉②，游子寒无衣。

锦衾遗洛浦③，同袍与我违④。

独宿累长夜⑤，梦想见容辉。

良人惟古欢⑥，枉驾惠前绥⑦。

愿得常巧笑，携手同车归。

既来不须臾⑧，又不处重闱⑨。

亮无晨风翼⑩，焉能凌风飞？

眄睐以适意⑪，引领遥相睎⑫。

徒倚怀感伤⑬，垂涕沾双扉⑭。

【题解】

这首诗是《古诗十九首》的第十三首。东汉末年，社会动荡不安，产生了不少抒发离愁别恨的诗，这首诗写对朋友的思念。

【释疑】

① 凛凛：形容寒冷。

② 率：都，普遍。厉：指天气很冷。

③ 锦衾：棉被。遗：遗留。洛浦：洛水，指洛阳。

④ 同袍：亲密的朋友。违：离别。

⑤ 累长夜：接连几个长夜。

⑥ 良人：指朋友。惟：思念。古欢：旧欢，犹言旧交。

⑦ 枉驾：屈驾来访。惠：授，给。绥：指驾车的缰绳。

⑧ 既来：指梦中朋友来访。须臾：时间很短。

⑨ 处重闱：这里指聚在一处交谈。闱，本义是宫门。

⑩ 晨风：晨风鸟。

⑪ 眄（miàn）睐：斜眼看。适意：满足心愿。

⑫ 睎（xī）：眺望。

⑬ 倚：倚门。

⑭ 扉：门扇。

【今译】

冷风嗖嗖的年末季节，夜间蟋蟀冻得悲鸣。

到处寒风凛冽，游子无衣正在挨冻。

棉被遗留在洛阳，朋友又各奔西东。

连续几夜孤独无眠，梦中见到了朋友面容。

日夜思念的旧交良朋，屈驾来访交给我驾车缰绳。

但愿能长期欢笑叙旧，携手驱车同回久别的家中。

可惜来得时间太短，不能相聚一处狂欢。

我无晨风鸟的双翅，怎能飞去与你交谈？

只能斜视以满足心愿，伸着脖子遥望远天。

徒劳地倚门伤感，泪水沾湿了门扇。

【赏析】

　　这首诗的主题是思友，全诗在写一个梦。前六句交代思友的背景：年末季节，冷风嗖嗖，连蟋蟀都冻得整夜悲鸣。远方的朋友没有棉衣棉被，身边又没有朋友照顾，正处在冻馁中。诗中提到"锦衾遗洛浦", 估计这位朋友是去洛阳谋职, 或参加科举, 失意后, 棉衣棉被都没带, 就浪迹天涯了, 所以才落到如此尴尬处境, 让人牵肠挂肚。

中间八句写梦境: 由于牵挂朋友, 连续几夜难眠, 竟迷迷糊糊进入梦境。梦见朋友驾车来访, 还把驾车的缰绳交给作者, 要携手同车返归家乡。可惜相会时间太短, 还没来得及交谈, 天亮了, 梦醒了, 一切化为乌有, 只留下苦涩的回味。

最后六句写梦醒后的惆怅: 作者无奈地感到没有鸟的翅膀, 不能飞去见朋友, 只能伸着脖子, 倚门遥望远天, 泪水沾湿了门扇。

这首诗写思友之情, 将梦中之境与醒时之情结合写, 明明是思友, 不写自己如何去寻友, 反写友人驾车来访己, 而朋友的来访又来得快、去得速, "须臾"之梦引来无穷之愁, 更显情谊缠绵。社会动乱, 朋友天各一方, 思而不能见, 见也不能助, 这首诗从一个侧面反映了人们生活的不安定。

孟冬寒气至（古诗）

孟冬寒气至①，北风何惨慄。

愁多知夜长，仰望众星列。

三五明月满②，四五蟾兔缺③。

客从远方来，遗我一书札④。

上言长相思⑤，下言久别离。

置书怀袖中，三岁字不灭⑥。

一心抱区区⑦，惧君不识察。

【题解】

这首诗是《古诗十九首》的第十五首，主题是表现思妇对游子的思恋。

【释疑】

① 孟冬：指冬季的第一个月。

② 三五：指每月的十五日。下句的"四五"指每月的二十日。

③ 蟾兔：月中的玉兔。

④ 遗：赠送。书札：书信。

⑤ 上：指信的开头。下句的"下"指信的结尾。

⑥ 字不灭：指把信中的话（字）记在心里。

⑦ 区区：诚挚专一。

【今译】

> 冬季寒气已来临，北风刺骨好惨慄。
>
> 愁多方知冬夜长，仰看空中众星座。
>
> 每月十五明月圆，到了二十月半缺。
>
> 有客打从远方来，一封书信送给我。
>
> 开头先说长相思，结尾又说久离别。
>
> 信揣怀中收藏好，三年不忘信中话。
>
> 爱情专一心诚挚，就怕丈夫不体察。

【赏析】

这首诗分两段，前六句通过写季节变化表现妇人愁思绵绵：第一句写孟冬来临，表示一年又过去了，丈夫还没回来；第二句用"北风惨慄"，既写寒风刺骨，又表现妇人心理上的感受，渲染离愁别绪的凄凉气氛。第三句点出一个"愁"字，由于"愁"引出第四句的"仰观"。因愁不能入眠，于是走到户外，"仰观"星星，她大概看到被隔在银河两岸的牵牛与织女了吧，心情愈加愁闷。"三五"月圆，"四五"月缺，表示时间流逝，妇人不知经历了多少个这样的孤寂之夜。

下面八句是第二段，写妇人对丈夫的挚爱：她接到丈夫一封信，珍重地贴身保存，不时打开看一看，信里的话三年（多年）也忘不了。但是又心生疑虑，我这诚挚专一的爱心，丈夫能不能体察到？这疑虑看似无端，却也合理，毕竟丈夫三年没回家了，只带来一封信，信中说得倒是不错，又是"长相思"，又是"久别离"，谁知会不会发生其他变故呢？妇人心里不踏实。诗到此结束，今后会发生什么？留下一个问号，由读者自己去想象吧。

27. 客从远方来（古诗）

客从远方来，遗我一端绮①。

相去万余里，故人心尚尔②。

文彩双鸳鸯，裁为合欢被。

著以长相思③，缘以结不解④。

以胶投漆中，谁能别离此？

【题解】

这首诗是《古诗十九首》的第十八首，用明快的笔调描写了夫妻间的深挚感情。

【释疑】

① 一端：半匹。绮：有花纹的丝绸。

② 故人：指丈夫。心尚尔：情义还像原来那样。

③ 著：指给棉被里絮丝棉。长相思："思"谐音"丝"，即"长相丝"。

④ 缘：边缘，这里作动词用，指给棉被缝边。

【今译】

有客刚从远方来，送我半匹丝绸缎。

两人相隔万余里，丈夫情义并没变。

绸缎花纹绣鸳鸯，做成棉被名合欢。

被里絮上长相丝，被边缝上同心结。

把胶投入粘漆中，看谁能把它拆散。

【赏析】

远道在外的丈夫，托人给妻子捎来半匹绸缎，因物思人，引起妻子一番遐想。绸缎并不罕见，半匹也微不足道，但它是丈夫从迢迢万里之外捎来，绸缎上又绣着表示夫妻恩爱的"双鸳鸯"，这就不是普通礼物，而是坚贞不渝的爱情象征。正因为此，丈夫才选择它作为爱的信物，妻子见了才心潮澎湃。她首先想到"故人心尚尔"，"尚尔"二字含义丰富，从字面看，是说丈夫没有变心，其实这里面包含着夫妻间深深的挚爱。这种爱，借助"一端绮"，心有灵犀一点通，二人的思恋之情都表达出来了。妻子在心情激动之后，又将绸缎做了一番意味深长的加工，做成一床合欢被，被里絮上"长相丝"，被边缝上同心结。诗人最后用一个别出心裁的比喻，"以胶投漆中"，祝福这对夫妻永远相爱。胶与漆都是粘性物，两粘相合，谁也没有办法将他们拆开了。这一比喻来自现实生活，极富表现力，看似作比，实是抒情。最后以"谁能别离此"的反问作结，余意悠悠不绝。清人方东树说，读《十九首》"须识其天衣无缝处"。这首诗确实本乎性情，出之天成，全无斧凿痕迹。

民歌三首

采葵莫伤根①，伤根葵不生。
结交莫嫌贫，嫌贫友不成。

藁砧今何在②？山上复有山。
何当大刀头，破镜飞上天。

菟丝从长风③，根茎无断绝。
无情尚不离，有情安可别。

【题解】

南朝人徐陵编有一套诗集，叫《玉台新咏》，收有 769 首汉代古诗，《陌上桑》《羽林郎》《孔雀东南飞》都收录其内，这里选的是其中的三首民歌。这些诗言简意赅，通俗易懂，别有韵味，作者已成无名氏。

【释疑】

① 葵：一种可食用的菜，不是向日葵，今日俗名为冬苋菜，湖南、四川、贵州、江西等地有种植。

② 藁砧（gāo zhēn）：《乐府古题要解》说："藁砧，铁（fū）也。"即斧子。

③ 菟丝：一种缠绕在其他植物上的寄生草，茎柔弱，呈丝状。在古代爱情诗中，常用来隐喻闺阁弱女子。

【赏析】

第一首诗谈交友，用采葵作比喻。采葵伤根，葵就死了，暗喻交友要看重"根"，即人的内在本质。由采葵引出交友，交友贵在志同道合，不能以贫富为准。这首诗通俗易懂，但蕴含哲理，对世人是一种善意劝诫。

第二首是隐言诗。第一句的"藁砧"是"铁"，"铁"与"夫"谐音，代指丈夫；第二句是一个字谜，山上有山，是"出"。这两句是女子自问自答，"藁砧今何在"是问"丈夫哪里去了？""山上复有山"是答"出门了"。三、四句又是女子自问自答，"何当大刀头"，"刀头"有"环"，"环"与"还"（回来）谐音。"何当大刀头"是问"什么时候回来？""破镜飞上天"，"镜"如圆月，"破镜"即半月。"破月飞上天"是答"半月后回来"。这首诗，句句隐语，语带双关，在破谜的过程中，表达女子的心情。

第三首是爱情诗，头两句是隐喻，借用菟丝在长风下仍不折断根茎，表示爱情专一。"无情尚不离，有情安可别"，是前两句的延伸，由物及人：无情的菟丝尚知不离不弃，有情的人岂能轻易拆散！这首诗言简意赅，规劝的意味甚浓，由物及人，发人深思。

【阅读延伸】

语带双关，曲意表达，是后来魏晋文人的一种语言风格，南北朝时期成为一大文学特色。有人统计，南朝运用这种手法的诗，有108首，占南朝诗歌总数的五分之一还强。这种手法，通常是两句一组，上句是引子，下句是解释，所谓"上句述其语，下句释其义"。这种手法，运用恰当，别有韵味；运用不好，成了猜谜语，读起来就费劲了。民间歇后语常用这种手法，比如："韩信用兵"是"述其语"，"多多益善"是"释其义"。"大鼻子他爹"是"述其语"，"老鼻子了（形容多）"是"释其义"。之所以叫歇后语，因为后一句更"谐"（诙谐）。

魏晋南北朝诗

汉末社会大动荡，战乱不止，最后形成"三国鼎立"的局面。这一时代背景，《三国演义》反映得最充分。社会动乱带给人民与诗人的是痛苦，却孕育了"建安风骨"，迎来诗歌史上一个新高潮。"建安"是汉代最后一个皇帝刘协（献帝）的年号，文学史上建安时期，包括曹魏（曹丕称帝改国号为魏）前期十余年，时间并不长。战乱激发了诗人们感时伤世、忧国忧民的情感，也培育了他们建功立业的壮志。于是，他们的作品呈现出慷慨激昂、强健深沉的风貌，这就是后人所说的"建安风骨"。这时期，五言诗与七言诗并行，代表诗人是"三曹"（曹操、曹丕、曹植）和"七子"（刘桢、王粲、陈琳、徐干、阮瑀、应玚、孔融）。曹操诗苍劲悲凉，曹丕诗倾向民歌化，曹植诗富辞采之美。"七子"中王粲、刘桢诗最著名，他们的诗慷慨悲壮，反映了那个时代的风貌。

　　曹魏后期，曹魏集团与司马氏集团相互倾轧，争夺政权，政治环境险恶。司马炎称帝改国号为晋，接着是南北朝战乱，统治者实行高压政策，诗人有话不敢大声疾呼，只能隐约其词，托意老庄，就是《文心雕龙》作者刘勰所说的"诗杂仙心"。这一时期，代表诗人是阮籍、嵇康。阮诗常用比兴手法隐约其词，悲怆动人。嵇诗多遁世之作，"志清峻"。晋朝统治时间很短，也就五十多年，晋末，国家又陷于分裂，出现了宋、齐、梁、陈四个朝代的所谓南朝（在江南），以及以少数民族政权为主体的北朝（在北方）。南朝的著名诗人有陶渊明、鲍照、大小谢（谢灵运、谢朓）。陶渊明的出现，意味着诗人明星时代开始到来，他开创了山水田园诗派。鲍照以寒士身份出现在诗坛，"人微才秀"，抒发对门阀制度的不平之气。大小谢善于捕捉自然景物的美点，发展了山水诗派。北朝文化落后，诗坛寂寥，但也出现了家喻户晓的民歌《木兰诗》。

　　这一时期，由于政治环境险恶，有些文人，逃避现实，隐遁求仙，相居终日，言不及义，于是出现了玄学诗，这是诗歌发展的一股逆流。以上是魏晋南北朝时期诗歌创作的大致状况。

观沧海 （曹操）

东临碣石①，以观沧海。

水何澹澹②，山岛竦峙③。

树木丛生，百草丰茂。

秋风萧瑟，洪波涌起。

日月之行，若出其中。

星汉灿烂④，若出其里。

幸甚至哉，歌以咏志⑤。

【作者简介】

　　大家都很熟悉曹操，在影视与戏剧舞台上，经常见到他。但历史上的曹操与舞台上的奸雄曹操，不完全是一个人。历史上的曹操，是汉末杰出的政治家、军事家，也是杰出的诗人。他儿子曹丕说他"雅好诗书文籍，虽在军旅，手不释卷。"曹操青年时期，在镇压黄巾起义的过程中，积蓄了武装力量，武力统一了北方。汉献帝立他为丞相，后封魏王，死后，他儿子曹丕追尊他为魏武帝。在诗歌创作上，开创一代雄健诗风，是"建安风骨"的典型代表诗人。他的诗，慷慨悲壮，大气磅礴，有领袖人物风范，非一般诗人可比拟。

【题解】

　　建安十二年，曹操挥师北上，征讨乌桓（在今辽宁省），大胜而归。回归途中，路过碣石山，登上山巅，面对苍茫大海，豪情满怀，写下这首《观沧海》。

【释疑】

① 碣（jié）石：山名，古时在河北乐亭县境内，现已没入大海。

② 澹澹（dàn）：水波摇荡的样子。

③ 悚（sǒng）：同"耸"，高高直立。峙（zhì）：挺立。

④ 星汉：即银河。

⑤ 幸甚至哉，歌以咏志：是乐府歌辞常用的结尾方式，与内容无关。

【阅读思路】

钟惺在《古诗归》中说："《观沧海》直写胸中、眼中，一段笼盖吞吐气象。"根据钟惺的话，看一看，这首诗都写了曹操"眼中"见到的什么景象？这些景象寄托了曹操"胸中"什么样的情怀？

【今译】

> 站在碣石之巅，东望茫茫大海。
>
> 山势何其险峻，海浪何其澎湃。
>
> 树木林林丛丛，百草郁郁青青。
>
> 秋风萧瑟呼号，波涛翻滚汹涌。
>
> 日月高悬其上，随同大海运行。
>
> 银河吞没其里，骤然跃起腾空。
>
> 幸甚至哉，歌以言志。

【赏析】

诗人登山，东望大海，借所见到的景物，赞叹祖国山河的雄奇壮丽，同时抒发自己壮阔博大的胸怀。开头两句点题，笼盖全篇；下面先写海，海水浩森澎湃，苍茫浑然；再写山，山势高峻辣立，巍峨挺拔，继而写树、写草，树木葱茏，百草繁茂，一片欣欣向荣；

回笔又写海，大海吞吐日月，涵容银河，博大瑰奇。这就是钟惺说的"眼中"。诗人由眼前景悠思遐想，有些话尽在不言中：大海汹涌澎湃，正是诗人得胜而归心花怒放的写照；大山高峻挺拔，从中可以看到诗人身影；大海吞吐日月，浮托银河，好像是说全国都在我曹操掌握之中。这就是钟惺说的"胸中"。这首诗托物寓意，也在借物言志，气势磅礴，清峻刚健。有一等胸襟，才有一等气魄，如此宏大的景象，豪壮的笔调，只能出自叱咤风云的人物之手。

短歌行（曹操）

对酒当歌，人生几何！

譬如朝露①，去日苦多。

慨当以慷，忧思难忘②。

何以解忧，唯有杜康③。

青青子衿，悠悠我心④。

但为君故，沉吟至今⑤。

呦呦鹿鸣，食野之苹⑥。

我有嘉宾，鼓瑟吹笙。

明明如月，何时可掇⑦？

忧从中来，不可断绝。

越陌度阡，枉用相存⑧。

契阔谈宴，心念旧恩⑨。

月明星稀，乌鹊南飞。

绕树三匝⑩，何枝可依？

山不厌高，海不厌深⑪。

周公吐哺，天下归心⑫。

【题解】

　　曹操在平定北方以后，率百万雄师，饮马长江，与孙权决战。一个月明之夜，他在大江之上，置酒设宴，宴请将领，酒酣兴奋，横槊（shuò）赋诗，写了这篇《短歌行》。《短歌行》是乐府旧题，曹操用来抒发自己的豪情壮志。

【释疑】

① 朝露：早晨的露水。

② 慨当以慷：慷慨本是一个词，曹操把它分开用，还是慷慨的意思，表达没能达到愿望而产生的不平静情绪。忧思：深藏内心的想法。

③ 杜康：据说是第一个酿造酒的人，这里代指酒。

④ 衿（jīn）：衣领。青衿是周代学子的服装，这里用"子衿"指有才干的人。悠悠：长远的样子，形容思虑不断。这两句诗引用《诗经·子衿》原句。《子衿》原写女子思念情人，曹操借来表示思念贤才。

⑤ 沉吟：沉思叨念。

⑥ "呦呦鹿鸣"以下四句：引用《诗经·鹿鸣》原句，《鹿鸣》一诗写宴请宾朋，赞扬宾朋品德高尚。呦呦（yōu）：鹿鸣声。苹：鹿吃的青草。

⑦ 掇（duó）：摘取。

⑧ 越陌度阡：意思是说贤才远道而来。"阡"与"陌"都是田间小道。枉用相存：这句的意思是尊重贤才。枉，屈驾。存，问候。

⑨ 契阔：聚散，久别重逢的意思。旧恩：旧日的情谊。

⑩ 匝：周，圈。

⑪ 厌：满足。

⑫ 周公吐哺：周公，名姬旦，是周武王的弟弟。武王死时，儿子周成王尚小，由周公旦辅佐治理国家。吐哺：吐出口中咀嚼的食物。据《韩诗外传》记载，周公忙于国事，不停地接待天下贤士，没有片刻空闲，以至于"一沐三握发，一饭三吐哺，犹恐失天下之

士"。洗一次头，要多次挽起头发；吃一顿饭，要多次吐出口中食物。因此，天下人心归周。这里，曹操显然以周公自命，说自己也渴望招纳天下贤士。

【阅读思路】

1. 写这首诗时，曹操刚刚统一北方，正风云聚会，志得意满。为什么诗开头八句既感叹人生"苦多"，又几次提到"忧"，这是一种什么感情？把握住曹操的这种感情，就容易理解全诗了。

2. "青青子衿"与"呦呦鹿鸣"，都引用《诗经》诗句，曹操用这些诗句表达他的什么心情？

3. 从"鼓瑟吹笙"看，曹操的心情是"喜"的，紧接着又说"忧从中来"他为什么忽忧忽喜？这种感情变幻说明什么？

4. "山不厌高，水不厌深"的含义是什么？用"周公吐哺"的典故结尾，表明曹操什么志向？

【今译】

> 对酒高歌快意事，人生短暂能几年！
> 就像晨露片刻干，过去岁月多苦难。
> 胸怀激荡如潮涌，内心思虑总难宁。
> 这种思虑何以除，只有美酒解忧愁。
> 青青衣衿贤士装，我慕贤士心意长。
> 都因一颗求贤心，沉思叨念到如今。
> 梅花鹿群在合鸣，吃着田园草青青。
> 我有嘉宾来聚会，弹瑟吹笙乐融融。
>
> 圆圆明月挂高空，何时摘取我手中？
> 忧虑又从内心生，断断续续难抹平。
> 贤士远道纷纷来，相互问候乐开怀。

久别重逢设酒宴，旧日情义永不变。

明月高照星光暗，又恐乌雀再飞散。

左右绕树再三飞，哪根枝条可安居？

山不怕高盼再高，海不怕深盼再深。

周公吐哺广纳士，天下归一日月新。

【赏析】

曹操陈兵江岸，等待与东吴决战。这时候他最渴望的是什么？他最渴望的是能有贤臣良将，为他出谋划策、东挡西杀。于是，他怀着求贤若渴的热情，写了这篇《短歌行》，招贤纳士是中心话题。

诗的开头八句，曹操又叹惋人生短暂，又要借酒消愁，这并非消极颓废，也非忧心忡忡，而是感叹天下纷纭，大业未成，产生一种时间紧迫感，为下面慕贤纳士造势。有了这一造势，再提出广揽人才的话题，就顺理成章了。

接下来的八句，诗人借用《诗经》中的诗句，表达自己求贤不得而"沉吟至今"的忧虑心情，以及求贤已得而"鼓瑟吹笙"的衷心喜悦。他求贤若渴的心情就无须多言了，引用经典的作用一以当十。

再接下来，诗人仰望天空，突发奇想，什么时候能把明月摘下来？用明月喻贤才，用揽月喻纳士。但立刻又"忧从中来"，为什么呢？因为揽月不易，求贤也难。"乌鹊南飞"是担心人才流失，"绕树"两句是说，留下来吧，除了我，你们还能投奔谁呢？这一忧虑与担心，突现了曹操求贤若渴的焦急心情。

"越陌度阡"四句，寄寓了诗人极大的希望，希望贤才不管山高路远，从四面八方纷纷而来，他要与天下贤士饮酒欢宴，促膝谈心，纵论天下大事。气氛如此和谐，岂不痛哉快哉！贤士来则喜，去则忧，这种忽忧忽喜的感情变幻，始终围绕一个中心，就是招贤纳士。

喜忧交错，再次突现了曹操求贤若渴的焦急心情。

　　"山不厌高"两句是比喻，喻人才越多越好。最后用"周公吐哺"的典故结尾，表现了曹操的雄才大略，他要"天下归心"。这睥睨天下的魄力，表现了曹操一统天下的进取精神；这豪气逼人的诗句，至今读起来，仍让人回肠荡气。

【阅读延伸】

　　张玉谷《古诗赏析》说："此叹流光易逝，欲得贤才以早建王业之诗。"张玉谷的话道出了这首诗的写作目的。吴淇《六朝选诗定论》说："劈首'对酒当歌'四字……截断已往、未来，只说现前，境界更逼，时光更迫，妙传'短'字神髓。"此"短"应是时光短促之"短"，表现曹操求贤若渴的紧迫感。这首诗写法上当然还有其他优点，主要优点是气势豪迈。这种优点与曹操的雄才大略相关，有其志，方有其势，非平庸诗人所能。

龟虽寿（曹操）

神龟虽寿，犹有竟时①。

腾蛇乘雾②，终为土灰。

老骥伏枥③，志在千里。

烈士暮年，壮心不已④。

盈缩之期，不但在天⑤。

养怡之福⑥，可得永年。

幸甚至哉，歌以咏志。

【题解】

这首诗，写于曹操五十三岁时（他活了六十五岁），虽已接近暮年，但壮志不已，豪气不减。所以写这首诗明志，以激励自己，积极进取，再创伟业。

【释疑】

① 神龟：传说中的长寿龟。寿：长寿。竟：终了。

② 腾蛇：传说中能驾雾飞行的蛇。

③ 骥：千里马。枥：喂马的槽。

④ 烈士：有壮烈志向的人。不已：不止。

⑤ 盈缩：指寿命长短。盈，多。缩：小。但：只。

⑥ 养怡：保养。

【今译】

神龟虽然寿命长，究竟还有终老时。

腾蛇乘雾能飞天，无雾立刻变土灰。

千里马老伏槽息，仍想一日行千里。

有志之人到暮年，壮烈之心不会减。

人的寿命有长短，长短不只由上天。

好好保养最重要，延年益寿乐陶然。

幸甚至哉，歌以咏志。

【赏析】

这是首明志诗，开头用正反两个比喻引出下文。先说龟虽长寿，也难逃一死，言外之意是说我也有这一天。腾蛇可以乘雾飞行，那是借助外物，不是自身所能，离开雾，就是一堆土灰了，言外之意是说我不做那样的人。曹操对自然规律有清醒认识，没像秦始皇那样求长生不老。这自然引出一个话题：人既然都有一死，就应当认真考虑如何度过有限的人生。"老骥伏枥"又是一个比喻，千里马老得都伏在食槽上了，还想着日行千里，人呢？"烈士暮年，壮心不已"，这话是说给别人听，更是激励自己，要老当益壮，奋发有为。这里的"老骥"与"烈士"，都是诗人自己的化身。话说到此，结论自然出来了：寿命长短，不能怨天，要好好保养身体，争取多活几年，多做一些有意义的事情。曹操一反常人听天由命的人生观，提出要积极进取，做一番大事业的生活态度，不失为伟人。这首诗比喻形象，说理透彻，感情真挚，很有感染力。千百年来，老年人都用"老骥伏枥"激励自己，证明了这首诗的宝贵价值。

【阅读延伸】

曹操的诗今存二十余首，全是乐府歌体，他继承了乐府诗的优良传统，诗风质朴，刚健慷慨，是"建安风骨"的典型代表。曹操写了些四言诗，自汉以来，四言诗日益衰落，五言诗继而兴起，但曹操的四言诗，气魄宏伟，比兴俱佳，使四言诗在建安文学中一度重放光彩。其后，曹丕、曹植、嵇康等人的四言诗，都深受曹操的影响。

燕歌行（曹丕）

秋风萧瑟天气凉，草木摇落露为霜。

群燕辞归鹄南翔，念君客游思断肠。

慊慊思归恋故乡①，君何淹留寄他方？

贱妾茕茕守空房②，忧来思君不敢忘，不觉泪下沾衣裳。

援琴鸣弦发清商③，短歌微吟不能长。

明月皎皎照我床，星汉西流夜未央④。

牵牛织女遥相望，尔独何辜限河梁⑤？

【作者简介】

曹丕是曹操的二儿子，曹操死后，他废汉自立为帝，世称魏文帝。曹丕是建安文坛的领袖人物，自幼聪明好学，他在《典论论文·自序》中说自己"少诵诗论，及长而备历五经、四书、史、汉、诸子百家之言，靡不备览（没有不详细阅读的）"。曹丕还是一个文艺理论家，他写的《典论论文》是我国文艺批评史上的重要专著。其诗现存四十余首。

【题解】

《燕歌行》是现存最早的艺术完整的七言诗，后人称为"七言之祖"。《燕歌行》是乐府民歌曲调，与诗的内容无关。这首诗以女主人公的口吻，表现一个思妇在漫漫长夜思念丈夫的情感。

【释疑】

① 慊慊（qiàn）：不满，怨恨。

② 茕茕（qióng）：孤独忧伤的样子。

③ 援：拿。清商：汉以来在民歌基础上形成的新的乐曲。

④ 夜未央：夜未尽，指深夜。

⑤ 尔：指牛郎织女。限河梁：指牛郎织女被银河桥阻隔，不能会面。梁，即"桥"，指银河上的桥。何辜：无辜。

【阅读思路】

这首诗写思妇对丈夫的怀念，情绪一层深似一层，请分析她情感的变化。

【赏析】

这首诗，是仿民歌而写，诗句通俗流畅，几近白话，就不作今译了。诗的头三句用物候起兴，秋风萧瑟，天气转凉，草木摇落，白露为霜，燕鹊（鹄）南飞，这是"万里悲秋"的深秋季节了。这季节最容易让人思旧怀远，很自然地引出第四句："念君客游思断肠"，点明要写的内容是一个思妇在思念丈夫。思妇的心情是悲凉的，"慊慊"表明在怨恨丈夫。"何为淹留寄他方"，是质问丈夫，为什么滞留在外乡不回来？"贱妾茕茕守空房"，是哀怜自己，我孤苦伶仃一人守空房。"忧来思君不敢忘，不觉泪下沾衣裳"，写自己的哀伤，把对丈夫的思念推向极点。下面笔锋一转，"援琴鸣弦发清商"，是说自己百无聊赖，只好弹琴微吟，来排遣心中的愁思。哪知"短歌微吟不能长"，反而加重了愁思。下面笔锋再转：思妇停止弹琴，仰望天空，已是深夜，只见牛郎织女二星，苦苦地守在银河两岸，不得团聚。对比自己守空房，更是百感交集，由衷地发问"尔独何辜限河梁？"为什么一对相亲相爱的人，被一座桥梁隔断了呢？

我与丈夫又是为什么不得团聚呢？诗到此戛然而止，这个"为什么"，诗中没回答，其实也不用回答，它用牛郎织女作比，从一个侧面反映了当时社会动乱、人们流离失所的现实。这首诗用"兴"开头，"比"作结，中间写思妇细微的情绪变化，抒情在似有似无之间，富有弦外韵致。王夫之对这首诗的评价是"倾情、倾度、倾色、倾声"。这评价虽然高了些，作为建安时期的言情诗代表，还是当之无愧的。

【阅读延伸】

我国古典诗歌，《诗经》是四言诗，《楚辞》多六言，再附加上"兮""之""以"等虚词，汉诗五、七杂言，以五言为主，个别诗人偶尔有七言出现，句中也多带"兮"字，仍不脱《楚辞》痕迹，汉之前没有完整的七言诗。曹丕的《燕歌行》标志着七言诗的雏形，直到盛唐，经李白、杜甫等人的锤炼，七言才成为唯一能与五言诗相抗衡的重要诗歌形式。

5. 白马篇（曹植）

白马饰金羁，连翩西北驰①。

借问谁家子，幽并游侠儿②。

少小去乡邑，扬声沙漠垂③。

宿昔秉良弓，楛矢何参差④。

控弦破左的，右发摧月支⑤。

仰手接飞猱，俯身散马蹄⑥。

狡捷过猴猿，勇剽若豹螭⑦。

边城多警急，胡虏数迁移⑧。

羽檄从北来，厉马登高堤⑨。

长驱蹈匈奴，左顾凌鲜卑⑩。

弃身锋刃端，性命安可怀。

父母且不顾，何言子与妻。

名编壮士籍，不得中顾私⑪。

捐躯赴国难，视死忽如归。

【作者简介】

　　曹植字子建，是曹操的三子，曹丕的同母弟弟，建安时代最杰出的诗人。自幼聪颖，才思敏捷，才华出众，很得曹操宠爱，几次要立为太子。但其恃才傲物，放纵任性，终于失宠。曹丕即位后，他受到严酷打击，前后被软禁十一年，忧愤而死，死时才四十一岁。

曹植的诗歌以曹丕即位为界，前期以描写安逸生活和表现建功立业的抱负为主，后期主要抒发在压制下的哀怨与愤慨。曹植兼善各种诗体，五言尤为出色。钟嵘在《诗品序》中称其为"建安之杰"，说他的诗"骨气奇高，词采华茂"。

【题解】

这首《白马篇》又名《游侠篇》，借一个游侠儿形象，抒发自己的为解救国难，不惜牺牲性命的豪情壮志，显然是他的前期作品。

【释疑】

① 羁：马笼头。连翩：奔驰。

② 幽并：指古时的幽州、并州，现在的河北、山西、陕西一带。此地人性豪爽，多游侠之士。

③ 去乡邑：离开家乡。沙漠垂：指北部边塞。垂，同"陲"，边陲。

④ 宿昔：往日。秉：拿。楛（hù）矢："楛"是荆一类植物，其颈可以做箭（矢）。参差：原意是长短不齐，这里指箭矢多。

⑤ 控弦：拉开弓弦。的（dì）：箭靶。月支：也是一种箭靶。

⑥ 仰手：手高举向上射箭。接：射中。猱（náo）：猿类动物，攀树如飞。马蹄：黑色的箭靶。

⑦ 狡捷：灵活敏捷。剽（piāo）：勇猛。螭（chí）：传说中似龙的动物。

⑧ 胡虏：指匈奴的骑兵。数（shuò）：屡次。迁移：指入侵。

⑨ 羽檄：指军队传达命令的文书，情况紧急时插上羽毛，表示要快速传递。厉马：催马。

⑩ 蹈、凌：都是打败的意思。

⑪ 籍：户籍，这里指登记壮士的名册。私：个人私事。

【阅读思路】

　　曹植笔下的游侠可用两个字概括，一是"勇"，二是"义"。请看看，哪些语句写"勇"？哪些语句写"义"？再想想，曹植写游侠的"勇"与"义"，想表现什么？请按这一思路阅读这首诗。

【今译】

　　　　　　　骑着金笼白马，奔驰西北边疆。

　　　　　　　问是谁家子弟，幽并游侠儿郎。

　　　　　　　少小离开家乡，扬名沙漠之邦。

　　　　　　　手持铁弓何威武，腰挎利矢何昂扬。

　　　　　　　左手开弓中箭靶，右手又射靶中央。

　　　　　　　仰头射中树顶猱，俯身靶的一扫光。

　　　　　　　敏捷赛过猴猢狲，勇猛就像豹与龙。

　　　　　　　边城警报频频传，匈奴又犯我边疆。

　　　　　　　紧急命令来北方，扬鞭催马登山岗。

　　　　　　　长驱直入灭匈奴，回首又把鲜卑亡。

　　　　　　　刀锋箭雨无所惧，个人性命从没想。

　　　　　　　老父老母且不顾，老婆孩子抛一旁。

　　　　　　　我名已入壮士册，私心杂念全扫光。

　　　　　　　不惜捐躯赴国难，身死犹同回家乡。

【赏析】

　　这是首英雄赞歌，可分三层。前六句介绍游侠的身世来历。"宿昔秉良弓"以下八句写游侠儿的"勇"，"边城多警急"以下十四句写游侠的"义"。开头起笔突兀，用马写人，留下悬念。人们不禁要问，这个骑马飞驰的人是谁呢？下面补充交代，原来是幽并游侠，自小离家，现在已经扬名沙漠了。游侠是何等样人物？接着写其

"勇"：他精通箭术，左右开弓，仰射俯发，无不中的；他武艺精湛，敏过猴猿，猛如虎豹。对游侠的这一精雕细刻，不仅活化了人物形象，也为后段写其战胜强敌伏笔。写完"勇"，再写"义"：西北有敌入侵，他闻讯奔赴战场，先是"厉马"备战；后是长驱直入，破匈奴，灭鲜卑，为国建功。在战斗中，他迎着刀刃，冒着箭雨，左右纵横，置个人生死于不顾，毫无私心杂念。结尾"捐躯赴国难，视死忽如归"两句，写出人物的精神世界，诗的境界也由此升华。这一响亮的结语，惊天动地，让人读来感叹再三。

曹植在这首诗中塑造了一个既"勇"又"义"的英雄形象，朱乾在《乐府正义》中说："本诗寓意于幽并游侠，实自况也……篇中所以捐躯赴难，视死如归，亦子建素志，非泛述也。"这种认识是对的。曹植借游侠形象在告诉人们：我曹子建不是胸无大志的贵胄子弟（官二代），可以纵横天下，做一番惊天动地大事业；我曹子建也不是只知舞文弄墨的文弱书生（书呆子），我文韬武略俱全，可以承担治国大任。游侠的英雄形象，蕴含着曹植的雄心与壮志。

游侠的形象，也不只是写一个人。当时北方民族纠纷不断，战争频仍。人们都想巩固边防，过太平日子。游侠的形象，反映了这一民心民意。

这首诗采用乐府民歌常用手法，铺陈渲染，比喻夸张，写人、叙事、抒情、言志有机融合，是篇佳作。"捐躯赴国难，视死忽如归"成为千古名句，一直激励着人们的爱国热情。

6 七步诗（曹植）

煮豆持作羹，漉豉以为汁。

萁在釜下燃，豆在釜中泣。

本是同根生，相煎何太急！

【赏析】

这首诗语言浅白，无须多加注释，只作赏析。据《世说新语》载，曹丕做了皇帝后，对才华超众又胸怀大志的弟弟曹植，一直心怀忌恨。有一天，曹丕命曹植在七步之内写一首诗，写不出来，就施以大法（处死）。语音未落，曹植就吟出上面六句诗。因为是在七步之内完成，后人叫作《七步诗》。据说曹丕听后，"深有愧色"，没杀曹植，而是将他软禁起来，防止对己不利。

这首诗以比兴手法，说明兄弟本为手足，不应相互杀戮。第二句中的"漉豉（chǐ）"，指过滤煮熟后发酵的豆子，可以制作调味的羹汁。而作为燃料煮豆子的是与豆子同根生的豆茎（萁），比喻兄弟相残，有违天理。取喻绝妙，用语绝巧，而且是在刹那间完成，曹植的才思敏捷，实在令人叹为观止。千百年来，人们同情曹植的遭遇，佩服曹植的才思，所以此诗广为流传。凡有兄弟阋墙、同室操戈之事发生，都引用此诗加以劝止。皖南事变发生后，周恩来就引用此诗，谴责打内战的罪行："江南一叶，千古奇冤。同室操戈，相煎何急。"

　　此诗后来在流传过程中，被人们浓缩成四句："煮豆燃豆萁，豆在釜中泣。本是同根生，相煎何太急。"这是群众的再创造，经过浓缩，使此诗更加精巧而语意鲜明，胜过原诗。

7. 七 哀（曹植）

明月照高楼，流光正徘徊①。

上有愁思妇，悲叹有余哀。

借问叹者谁？自云宕子妻②。

君行逾十年③，孤妾常独栖。

君若清路尘④，妾若浊水泥⑤。

浮沉各异势⑥，会合何时谐⑦？

愿为西南风，长逝入君怀。

君怀良不开⑧，贱妾当何依？

【题解】

　　这首诗从字面看，写思妇在丈夫久久不归时孤独、凄凉的生活，表现她对爱情的追求。其隐含的意思是：作者在曹丕称帝后，备受猜忌而无法施展才干的哀怨。关于诗题《七哀》，余冠英先生说："所以命名'七'哀，也许有音乐上的关系，晋乐于《怨诗行》用这篇诗为歌辞，就分为七解（七章）。"

【释疑】

　　① 流光：恍然如流的月光。

　　② 宕（dàng）子：即荡子，指离家不归、追名逐利的男人。

　　③ 逾：超过。

　　④ 清路尘：路面上的浮尘。

⑤ 浊水泥：脏水里的泥。

⑥ 浮沉：地位高下。异势：不一样。

⑦ 会合：融会合一。

⑧ 良：诚然，硬是。

【今译】

> 明月照耀高楼，月光流动徘徊。
>
> 楼上思妇忧愁，悲叹饱含悲哀。
>
> 借问叹者是谁？自言荡子之妻。
>
> 你离家已过十年，我一人经常独宿。
>
> 你就像路面浮尘，我犹如浊水污泥。
>
> 地位高下不一样，何时相谐能合一？
>
> 我愿化作西南风，投入你的胸怀里。
>
> 你的胸怀硬不开，我的痴心托付谁？

【赏析】

这首诗以思妇口吻自怨自艾，可分三层。前六句是第一层，交代思妇的心境与身份：头两句写景起兴，明月高悬，照耀高楼，月光如水，流动不定，表明思妇心绪不宁；然后交代思妇是荡子之妻，正在楼上不停地悲叹自己的不幸遭遇。这位思妇的心态正与曹植被猜忌、被压抑的处境相吻合。

中间六句是第二层，写思妇对荡子的哀怨：先点明哀怨原因，荡子离家已超过十年，至今不归。后用"清路尘""浊水泥"的比喻，表明如今两人地位已不相同；再后直接指出由于地位不同，二人和谐合一的可能性已经没有了。喻含的意思是，曹植与曹丕异势相争，已再无可能和睦相处了

最后四句是第三层，写思妇追求爱情的愿望：她愿化作一阵西

南风，投入荡子怀抱。但她知道这种可能性不大，所以又说荡子的怀抱硬是不打开，使她的一颗痴心不知托付于谁？从这四句看，曹植有意向曹丕妥协，但对方咄咄逼人，必欲将他置于死地而后快。

这首诗对人物心理刻画入微，寓意虽隐，但语言明快，是建安诗歌中较有影响的一首杰作。

野田黄雀行（曹植）

高树多悲风，海水扬其波。

利剑不在掌，结友何须多。

不见篱间雀，见鹞自投罗①。

罗家见雀喜，少年见雀悲。

拔剑捎罗网②，黄雀得飞飞。

飞飞摩苍天，来下谢少年。

【题解】

　　这是首隐喻诗。曹植失宠后，他的朋友也跟着遭难。曹操先是杀了他的老师杨修，曹丕即位后又杀了他的好友丁仪、丁廙（yì）。曹植身处逆境，深感悲愤，又不敢直言，只能写这样的隐喻诗，寄托他的哀怨。

【释疑】

　　① 鹞：似鹰而小的猛禽。罗：捕雀的网。

　　② 捎：同"削"。

【阅读思路】

　　所谓隐喻，就是有话不直说，把要说的话，隐隐约约地掩藏在所写的事物中。读这首诗，要从"隐"字入手，琢磨它的言外之意。

【今译】

　　高树呼啸着悲风，海水翻滚着波浪。

自己手中无利剑，交友何须多而广。

篱笆上黄雀去何处，为避鹞鹰竟投罗网。

张网人见雀自欣喜，少年人见雀心悲伤。

拔剑削破罗网，黄雀得到解放。

黄雀直飞苍天，感谢少年相帮。

【赏析】

诗的开头是"兴"，用"悲风""海水"制造一种悲凉氛围，暗示政治形势的险恶，引出少年救雀的情节，下面全是隐喻了。"利剑"两句以"利剑"喻权力，说手中无权，交友有何用，反而害了朋友。这一隐喻初步显露了诗人内心的悲苦。然后用"雀"喻被害者，用"鹞"喻恶势力，用"网家"喻害人者，用"少年"喻诗人期盼的侠义英雄。"自投罗"是说黄雀为躲避鹞鹰的袭击，竟自投罗网，说明被害者软弱无力，在强势面前，只能引颈就戮，毫无反抗能力。然后再用强者（罗家）"喜"、弱者（少年）"悲"的对比，道出内心的悲凉。最后四句写的是无可奈何的梦想，他盼望自己就是那个"拔剑"少年，能解救朋友于危难，再次飞黄腾达。然而梦想就是梦想，永远没有实现的那一天了。这首诗感情诚挚，语言悲凉，以"悲"情起笔，以"喜"情收尾，有浪漫主义色彩。

【阅读延伸】

曹植的《野田黄雀行》是政治上受压抑的产物，虽然隐言，尚不难懂。此后发生了曹魏集团与司马氏集团争夺天下的斗争，司马氏取代曹魏，做了皇帝，建立晋朝。由于政权是从曹魏手中抢夺而来，一直背着"篡位"的恶名。司马晋为巩固政权，一直实行高压政策，不断地诛杀异己，横行杀戮，朝野之间人人自危。他们有话不敢说，噤若寒蝉；但不说又心里难受，于是曲折隐晦的隐言诗盛行了，或托物寓情，或借古人之典故泄个人之幽思。这种诗后来演变成求仙觅道的玄学诗，多数文人逃避现实，以求自保，文艺创作出现大倒退。所谓玄学诗，大量运用《老》《庄》《周易》（所谓"三玄"）的典故，云山雾罩，空谈玄理，既无情感，又无辞采，是"相聚终日，言不及义"的产物。这种诗，历来被人诟病，流传下来的很少，但在晋朝却风行一时。可见，没有一个稳定的政治环境，要想发展文化，是不可能的。晋代文学，也非一片空白，涌现了像嵇康、阮籍这样的诗人。虽然凤毛麟角，却也熠熠生辉。

9. 七哀诗（王粲）

西京乱无象，豺虎方遘患①。

复弃中国去，委身适荆蛮②。

亲戚对我悲，朋友相追攀③。

出门无所见，白骨蔽平原。

路有饥妇人，抱子弃草间。

顾闻号泣声，挥涕独不还④。

"未知身死处，何能两相完⑤"？

驱马弃之去，不忍听此言。

西登霸陵岸，回首望长安⑥。

悟彼《下泉》人，喟然伤心肝⑦。

【作者简介】

王粲，三国时文学家，"建安七子"之一。少年时，便以才学闻名。他生在一个战乱不断的年代，十七岁为避战乱，离开家乡到荆州，投奔刘表，后归附曹操，官至侍中。由于生逢乱世，颠沛流离，他的诗能反映当时社会动乱和人民的苦难，诗风悲凉。

【题解】

曹植写有《七哀》，王粲的诗也名《七哀》，可证明如余冠英先生所说，"七哀"是汉末较流行的曲调。王粲写《七哀诗》的背景是：汉末，董卓窃取中央大权，胁迫汉献帝迁都长安，一路烧杀掳

掠，以致积尸盈路，数百里荒无人烟。后来，王允策动吕布，杀了
董卓。董卓的部将李傕（jué）、郭汜（sì），打着为董卓报仇的名
义，围攻长安，又大肆烧杀掳掠，吏民死者不下万人。王粲作《七
哀诗》，纪录此事。这段历史，《三国演义》记载得很详细，可参阅。

【释疑】

① 西京：指长安。东汉建都洛阳，称东都。董卓胁迫汉献帝迁
都长安称西京。无象：无章法，指社会动乱。豺虎：指董卓及其部
将李傕、郭汜等。遘（gòu）患：造成灾难。

② 中国：指中原地区。委身：托身，指暂时居住。适：到，
往。荆蛮：指荆州地区。古时称南方为"蛮"。

③ 追攀：追赶攀谈。指依依惜别，不忍分离。

④ 独不还：不忍离开。

⑤ 两相完：指大人孩子都保全。

⑥ 霸陵：汉文帝的墓地。望长安：此时董卓正在长安杀人
放火。

⑦ 悟彼下泉人：这句诗的意思是，我现在懂得《下泉》诗作者
的那种心情了（指怀念贤君）。悟，懂得。下泉，是《诗经·曹风》
的一首诗名，这是一首曹国人怀念贤明君主的诗。王粲认为汉文帝
是贤君，所以登上霸陵望长安，怀念文帝。喟（kuì）然：叹息。

【阅读思路】

1. 先给诗分一下层次，了解诗所写的内容。诗的首句有一个字，
奠定了全诗的感情基调，依据这一线索去理解全诗。

2. 王粲去荆州的路上，见到了什么？反映了怎样的社会现实？
最后的感喟表明王粲什么心情？

【今译】

长安混乱惨绝人寰，豺虎正在制造灾难。

我无奈离开中原，逃往荆州避乱。

亲朋送我远行，追着握手交谈。

出门沿途所见，白骨掩盖平原。

有一饥瘦妇人，将儿丢弃草间

又闻娇儿啼哭，抹泪回头瞧看。

"不知身死何处，母子怎能两全？"

催马赶紧离去，不忍听这哭喊。

登上霸陵高坡，回头遥望长安。

想起《下泉》诗人，喟然伤心哀叹。

【赏析】

    十七岁的诗人，过早地饱尝了战乱之苦，为避董卓之乱，他逃亡荆州，将逃难路上所见到的事实，如实记录下来，写了这篇现实主义佳作《七哀诗》。

    全诗分三层，开头六句是第一层，交代为避避战乱而逃往荆州。一个"乱"字，概括战乱全貌，奠定全诗感情基调。董卓作乱，豺虎为患，不得不离开中原家乡，去到"荆蛮"避难。下面插叙两句与亲友生离死别的场面，渲染悲凉气氛："亲戚悲""朋友追攀"，是因为战乱年代出逃，九死一生，今日一别，很可能就是永诀，诗人上路时，心情是悲凉的。

    "出门无所见"十句为第二层，写逃难途中所见到的尸骨遍野惨象，特意选取一个典型事例：一个"饥妇人""抱子弃草间"。又特意描写这个"饥妇人"的悲痛心理："顾闻号泣声，挥泪独不还"，听到儿子啼哭声，抹着眼泪一步三回头，不忍离去，哭诉道："我不知道身死何处，母子实在无法两全了。"只好将孩子"弃草间"，盼望万一有人将孩子拣去，也许还有条活路。这惨绝人寰的场面，让人目不忍睹。人们在难以活命的情况下，一切都看轻了，只有母子之爱，难以割舍。现在，最难割舍的都割舍了，怎不令人心痛如绞。此情此景，诗人再不忍心看了，赶紧"驱马弃之去"。读者读到这里，也不忍心读了，赶紧"掩卷沉思之"。

结末四句是第三层，诗人引用《下泉》典故，抒发他的感慨。虽然伤心得肝胆俱裂，还是把希望寄托在贤君明主身上，期盼有一个像汉文帝那样的帝王，出来收拾乱局，让老百姓有个活命的机会。这种期盼，现在看来有些迂阔了，但在那个年代，诗人能想的，也只有这样了。

这首诗，直书所见，描绘了一幅社会动乱全景，有很强的生活实感，且感情强烈，表现了慷慨悲凉的"建安风骨"，与其他一些婉转隐约的诗歌不同，让人耳目一新。

饮马长城窟行（陈琳）

饮马长城窟^①，水寒伤马骨。往谓长城吏，

慎莫稽留太原卒^②。官作自有程^③，举筑谐汝声^④。

男儿宁当格斗死^⑤，何能怫郁筑长城^⑥？

长城何连连，连连三千里。边城多健少^⑦，

内舍多寡妇^⑧。作书与内舍^⑨，便嫁莫留住^⑩。

善事新姑嫜^⑪，时时念我故夫子^⑫。

报书往边地，君今出言一何鄙^⑬！身在祸难中，

何为稽留他家子？生男慎莫举^⑭，生女哺用脯^⑮。

君独不见长城下，死人骸骨相撑拄^⑯。

结发行事君，慊慊心意关^⑰。

明知边地苦，贱妾何能久自全？

【作者简介】

陈琳，建安七子之一。初为大将军何进主簿，后为袁绍掌书记。袁绍败，依附曹操，任司空军谋祭酒。以起草书檄见长，诗歌仅存四首。《饮马长城窟行》是乐府旧题，但与这首诗内容契合。行，指歌行体裁。

【题解】

秦王朝驱使千万名劳工修筑长城，残酷而无节制，无数劳工被折磨而死。这段历史曾激起许多诗人的感伤与愤慨，陈琳的《饮马

长城窟》是最早谴责这一残酷事件的诗。后来流行于民间的孟姜女哭长城的故事，写的也是这一题材。

【释疑】

① 饮：给马喝水。长城窟：长城边的泉眼，其水甚寒，故下句说"伤马骨"。

② 稽留：强行扣留。太原卒：泛指修长城的役卒。

③ 官作：官家的工程，指筑城任务。程：期限。

④ 举筑：全力筑城。谐汝声：犹言"歇汝声"，闭上你的嘴，不要吱声。

⑤ 宁：宁可。

⑥ 怫（fù）郁：烦闷，憋气。

⑦ 健少：健壮的青少年。

⑧ 内舍：内地家乡。

⑨ 作书：写信。

⑩ 便嫁：劝妻子赶快改嫁。

⑪ 姑嫜：公婆。

⑫ 故夫子：指原来的丈夫。

⑬ 君：指丈夫。

⑭ 慎：千万。莫举：指不要把男孩子养大。

⑮ 生女哺用脯：指好好养大女孩子。哺，给孩子喂食。脯，肉干或果脯。

⑯ 相撑拄：一个连着一个。

⑰ 慊慊（qiè）：满足。关：关联。

【今译】

　　用长城泉眼水饮马，水寒伤害马的肌骨。

前往请求筑城官吏，莫要扣留我们役卒。

官家工程自有期限，闭上嘴巴举夯垒土。

男儿宁可战死沙场，怎能憋气当个民伕。

长城何其连连，连连万里无边。

筑城都是青少年，家乡寡妇受熬煎。

写封家信给妻子，赶快改嫁莫迟延。

好好孝顺新公婆，也把前夫挂心间。

书信捎到家乡去，妻子斥责是鄙言。

如今身处祸难中，何故被扣年复年？

生个男孩别养大，生个女娃可善养。

你没看见长城下，死人骸骨紧相连。

结婚就要侍奉你，心满意足情相关。

明知边地多苦难，我怎能一人久自全。

【赏析】

　　这首诗的构思结构很新颖，全诗由一段对话与两次书信往复组成。开头两句既是起兴，也与内容切合：长城脚下的泉水奇寒，马喝了都要伤害肌骨，人若喝了呢？诗中没说，筑城役卒的寒苦艰辛自不待言了。

　　三至六句是役卒与筑城官吏的对话：对于被征筑城的役卒来说，不干已无可能，唯一愿望是不要被扣留太久，能活着回家，于是找筑城官吏请求早些放了他们。筑城官吏大怒了，"官作自有程，举筑谐汝声"，这是官吏对役卒的斥骂："官家工程是有期限的，闭上你的嘴巴，老老实实举夯垒土吧！"艰辛、屈辱、痛苦、绝望，在役卒心中化为一团怒火，他们悲愤地呼喊："生为七尺男儿，宁可战死沙场，也不能窝窝囊囊在这里筑城！"被奴役者已到了忍无可忍的地步。但是，悲愤归悲愤，筑城的差事他们还得干下去，直至最后一口气。

　　"长城何连连"以下四句是个过渡：役卒们看到无边无际的长城，蔓延千里，在这里筑城的青少年，一个接一个死了，而在家乡留下一群寡妇。尚未死的役卒心碎了，给妻子写了封绝望的信。

　　"作书与内舍"至"何为稽留他家子"八句是第一次书信往复：丈夫在信中主动提出让妻子改嫁，没说明理由，只是嘱咐妻子要孝顺新公婆，也别忘了自己。作为丈夫，明明知道自己必死，唯有把未来的希望留给妻子，免得终生守寡。丈夫的信，深含着对妻子真挚的爱。对丈夫的良苦用心，妻子当然心领神会，但在复信中却责怪丈夫"君今出言一何鄙"，这是以生气的口吻平缓丈夫的绝望情绪，想用相濡以沫的夫妻感情抚慰丈夫破碎的心。

　　最后八句是第二次书信往复：丈夫又写信告诉妻子，如果生个男孩，不要把他养大，免得为修长城再培养一个新鬼；生个女娃要精心养大成人，以延续香火。当时有个民谣："生男慎勿举，生女哺用脯。不见长城下，尸骸相支拄。"这首诗化用了这个民谣，写出役卒沉痛复杂的心理。妻子又何尚不知这残酷的现实呢，她坚强地回信表示：结婚就要侍奉丈夫，一旦丈夫遇难，她也不"久自全"，以死相殉。统治者的冷酷与平民的真情在这里形成鲜明对比，诗的主题也显示出来了：那巍巍长城正是人间悲剧的根源。

　　这首诗通篇叙事，不露感情色彩，体现了乐府诗"感于哀乐，缘事而发"的现实主义传统。

11. 赠从弟（刘桢）

亭亭山上松，瑟瑟谷中风①。

风声一何盛，松枝一何劲。

冰霜正惨凄，终岁常端正。

岂不罹凝寒②，松柏有本性。

【作者简介】

刘桢，汉末文学家，"建安七子"之一。以五言诗著名，有人将他与曹植并称为"曹刘"。钟嵘《诗品序》说："曹刘殆文章之圣。"这评价也许有些过分，但刘桢的诗确实不错，风格劲挺，不重雕饰。

【题解】

刘桢的《赠从弟》共三首，分别以蘋藻、松、凤凰喻指从弟（堂弟），加以赞美。这里选的是第二首，希望从弟能像松树那样坚定自强，不向外界压力屈服，实际是在自勉自励。

【释疑】

① 亭亭：高傲直立的样子。瑟瑟：形容风声。

② 罹：遭遇。凝寒：严寒。

【阅读思路】

这首诗以物喻人，请在松与风、冰霜的对立中理解松的性格，亦即人的性格。

【今译】

> 昂然耸立山顶松，狂然呼啸山谷风。
>
> 风声何等剧烈，松枝何等强劲。
>
> 冰刀霜剑多严酷，终年累月自刚正。
>
> 难道不怕遭严寒，松柏奈寒是本性。

【赏析】

这首诗字词障碍不多，知道是首以物喻人诗，就容易理解了。一、二句提出两个对立物，"松"与"风"：松高高挺立山顶，风在山谷狂啸。三、四句用两个"一"造势，"一"在这里是助词，强化语气："风"是何等狂烈，"松"是何等强劲，"松"不惧怕"风"，"风"愈"盛"，"松"愈"劲"。五、六句又给松提出一个对立物：冰霜，"松"照样不惧怕，"终岁常端正"。七、八两句用一个"罹"字，指出"松"的生活环境并不好，遭遇"凝寒"摧残，"松"仍然不屈服于外界任何压迫，"我自岿然不动"。最后诗人将这一切归结为"松柏有本性"。至此，诗人的创作意图完全表述明白了，他是希望从弟，也是激励自己，做一个如松一样坚定而刚正的人。

这首诗的表现手法值得称道，他描写的对象是松，但不孤立写松，而是将松放在与狂风、冰霜的搏击中写，强化了松的性格，带给人一种悲壮美。人的一生，总会遇到一些挫折或打击，如果没有一点搏击精神，终将一事无成。这首诗告诉我们这样一条哲理：风霜中成长，才能锻炼出钢铁硬汉。刘桢生活的年代，生存环境恶劣，他颂扬松柏风格，是针对那个时代说的，这也就是所说的"建安风骨"。

【阅读延伸】

建安时代，诗坛主将是"三曹""七子"，是他们的诗凝成了

"建安风骨"。"七子"是一个诗人群体，他们之间往来频繁，相互切磋，有大致相同文学追求，也有大致相同的创作风格。"七子"中，王粲、刘桢诗名尤著。"建安风骨"的形成，因素是多方面的，主要是时代原因，社会动乱激发了诗人忧国忧民的情感，也培育了建功立业的壮志，正如刘勰所说："世积乱离，风衰俗怨，并志深而笔长，故梗概而多气也。"另外，"三曹""七子"的有意追求和"雅好慷慨"（曹植《前录序》）的审美情趣，也是重要因素。有人说，这是一个文学创作"自觉"的时代，这话有道理。所谓"自觉"，就是他们的创作目的与时代要求相一致。

赠兄秀才从军 （二首）（嵇康）

良马既闲，丽服有晖①。左揽繁弱，右接忘归②。
风驰电逝，蹑景追飞③。凌厉中原，顾眄生姿④。

息徒兰圃，秣马华山⑤，流磻平皋，垂纶长川⑥。
目送归鸿，手挥五弦⑦。俯仰自得，游心太玄⑧。
嘉彼钓叟，得鱼忘筌⑨。郢人逝矣，谁与尽言⑩。

【作者简介】

　　嵇康，晋代著名诗人。他是曹魏宗室的女婿，曹魏时曾官至中散大夫，后人称他"嵇中散"。他爱好老、庄，崇尚自然，厌恶虚伪的礼教，为人正直。他生活在魏晋交替时代，不肯屈服于司马氏集团，屡遭打击，于是纵酒放诞，公开发表菲薄儒家言论，以讥刺利用礼教篡夺皇位的司马家族，终于被陷害处死。他的诗多议论，有些离经叛道。鲁迅说他的诗新颖，"往往与古时旧说相反对"。

【题解】

　　《赠兄秀才从军十八首》中的"兄"指嵇康之兄嵇喜，他是个秀才（秀才是汉魏时的荐举科目，比清代的秀才地位高得多）。嵇喜热衷名利，想去从军，投靠司马氏。从军前，嵇康写了十八首诗赠送他，这里选的是其中两首。写这些诗的目的，是劝诫从兄做一个超越世俗的人，不要去追名逐利。

【释疑】

①闲：同"娴"，娴熟，训练有素。丽服：美丽的戎装。晖：有光彩。

②繁弱：良弓名。忘归：良箭名。接：搭上。

③蹑景：追逐日影。蹑，追随。景，同"影"，指日影。追飞：追赶飞鸟。

④凌厉：威镇，称雄。顾眄（miǎn）：回眸，斜视。顾，是回头看。眄，是斜眼瞅。生姿：生色，生辉。

⑤息徒：让跟随的人休息。兰圃：长满香草的田野。秣（mò）马：喂马。华山：开满鲜花的山坡。华，同"花"。流磻（bō）：射箭。磻，系在箭竿尾端的石块，防止射中鸟禽后，箭被鸟禽带走。平皋：开阔的水边草泽地。

⑥垂纶：垂钓。纶，钓竿上的丝绳。

⑦归鸿：飞去的大雁。五弦：五弦琴。

⑧俯仰：一举一动，随意而动。自得：自得其乐。游心太玄：即道家所说的心神合于大道。

⑨嘉：嘉许，称赞。得鱼忘筌（quán）：捕到鱼就把捕鱼工具丢掉。这是引用《庄子》中的典故，意思是说，捕鱼之意不在鱼，而在捕之乐。筌，捕鱼的笼子。

⑩郢人：引用《庄子》中故事：一个叫匠石的人，挥斧如风，能削尽别人涂在鼻尖的白粉，却伤不着鼻子。但只有一个叫郢的人敢于让他斧削，郢一死，匠石无用武之地了。

【阅读思路】

这两首诗不太好理解，尤其第二首。要理解这两首诗，须从两方面入手。第一，晋诗的一大特点是隐言，不要只看句子的表层意义，要体味它意在言外的深层意义。第二，诗中两处用典，先弄清典故的含义，才会明白诗人想说什么。

【今译】

> 良马训练有素，戎服威武精美。
> 左持强弓繁弱，右拿利箭忘归。
> 风驰电掣而去，快如影逝鸟飞。
> 称雄中原大地，一顾一盼生辉。
>
> 休息在长满香草的田野，喂马在盛开鲜花的山坡。
> 射鸟在开阔的水边草地，垂钓在浩淼的长江大河。
> 目送归雁天边远去，手挥琴弦引吭高歌。
> 或俯或仰自得其乐，心神恰与大道相合。
> 逍遥自在垂钓老翁，钓鱼只是图个乐和。
> 郢人已死匠石寂寞，心中惬意何人晓得。

【赏析】

第一首诗，运用想象写兄秀才从军后的军旅生活。前四句刻画形象，骑着高头大马，穿着华丽服装，左持弓，右拿箭，威武得很。后四句描写心态，纵马驰骋，逐日追鸟，称雄中原，左右顾盼，得意得很。这种刻画与描写，表层意义是对兄秀才的赞美，深层意义一来寓含着对兄秀才的劝诫，要保持自己高贵的身价，不要做追名逐利、唯唯诺诺的小人；二来寄托着个人对自由无羁人生境界的追求。

第二首诗，运用想象写行军途中休息的场景。一、二句写休息地的环境，到处是香草、鲜花。以下八句写休息时的活动：时而射鸟于草泽，时而垂钓于大河，时而弹起五弦琴，目送飞往天际的鸿雁而怡然自乐。此情此景，真是自然恬淡，超凡脱俗，俯仰之间，人生奥妙尽悟。引用《庄子》"得鱼忘筌"典故，意在表明捕鱼之意不在鱼，而在捕鱼之乐。得鱼则忘筌，得意则忘言，物我两忘，这其中的玄妙感悟是无法用语言表达的。这里所写，正是道家追求的自然无为的人生境界。诗的结尾，又引用《庄子》中典故，"郢人逝矣"，匠石的技艺之妙，谁人还能领悟呢？所以结句说"谁与尽言"，对人生真谛的超然感悟，一般人是很难理解的。这首诗，对兄秀才的劝诫之意更为明显，是希望哥哥去追求超然脱俗的人生，不要像凡夫俗子那样追名逐利。

这两首诗，委婉地表达人生哲理，话说得如此委婉曲折，反映了当时政治环境的险恶。话虽委婉，但情真意切，韵律和谐自然，是首赠别佳作。这首诗的许多词语，如"风驰电逝""顾眄生姿""目送归鸿""俯仰自得""得鱼忘筌"，是后人经常引用的熟语。

【阅读延伸】

嵇康的这两首诗，引经据典，阐发老、庄哲理，有些玄学味道，但不是玄学诗。这两首诗，写作意图明确，有自己的思想与感情。诗带玄味，是嵇康的处境使然，他不敢直接阻止兄秀才投奔司马氏，只能这样委婉地劝诫。玄学诗只是为玄而玄，无思想，无感情，毫无价值。引用典故，是诗人的常用手法。好的典故，都包含着丰富的内涵，运用恰当，确实言简意赅，以一当十，短短几个字，可以顶替许多话。但是，用典过多或典故生僻，就艰涩难懂，诗写得再好，也是瑕疵。世界万物都要一分为二，过分强调某一点，必有弊端。

咏怀诗 （二首）（阮籍）

夜中不能寐，起坐弹鸣琴。薄帷鉴明月^①，清风吹我衿。
孤鸿号野外，翔鸟鸣北林^②。徘徊将何见，忧思独伤心。

昔年十四五，志尚好书诗。被褐怀珠玉，颜闵相与期^③。
开轩临四野，登高望所思^④。丘墓蔽山冈，万代同一时。
千秋万岁后，荣名安所之？乃悟羡门子，噭噭今自嗤^⑤。

【作者简介】

　　阮籍，晋代诗人，曾任步兵校尉，后世称阮步兵。阮籍与嵇康
齐名，二人性格相近，意气相投，是好朋友。阮籍生当魏晋交替时
期，受司马氏压制，心怀不满，纵酒谈玄以避祸乱。他好学博览，
蔑视礼教，喜老庄，向往自然。性情狂傲，以"青白眼"看人，见
贤德者，青眼相看；见庸俗者，白眼斜视。他的诗多反映受压抑的
愤懑心情，写有《咏怀诗》八十二首。

【题解】

　　《咏怀诗》是阮籍诗作的总题，不是一时之作，相互间也无必然
联系，只是个题目，是最早出现的组诗形式。这些诗，大多写阮籍
对生活的感受，比如人生有限，祸福无常，要摆脱利禄束缚等等，
也有对司马氏的讥讽，不过比较隐晦。这里选两首。

【释疑】

　　① 薄帷：床上的帐子。鉴：照。这句是说月光照着床帐。

②翔鸟：飞翔的鸟。

③被褐怀珠玉：语出《老子》："圣人被褐怀玉。"比喻贫贱之人怀有才德。被：同"披"。褐：粗布衣服。颜闵：颜回与闵子骞，是孔子弟子中家贫但有才德的人。期：期许，仰慕。

④轩：门窗。

⑤羡门子：古代抛弃名利而得道成仙的人。嗷嗷（jiào）今自嗤：破涕为笑，含着眼泪的笑。嗷嗷，哭声。嗤，耻笑。

【阅读思路】

阅读阮籍的诗与阅读嵇康的诗一样，从两点入手，一是分析它的隐言，二是弄清引典的含义。比如：第一首的"孤鸿""翔鸟"指什么？第二首提到颜回、闵子骞、羡门子三位古人的用意是什么？

【今译】

长夜无法入眠，起坐弹琴抚弦。

明月照我床帐，清风吹我衣衫。

孤鸿哀号野外，飞鸟欢唱林间。

徘徊之中所见，忧思难以排遣。

忆昔当年十四五，志向高远好诗书。

身穿破衣怀珠玉，颜闵是我所仰慕。

开窗环顾四野阔，登高远望我深思。

遍山荒丘坟连坟，万代之人同入土。

时光匆匆千年后，荣华富贵还在否？

方才悟懂羡门子，破涕为笑自知耻。

【赏析】

第一首是《咏怀诗》的开篇诗，曲折地抒发不满情绪，正由于不满，他才"咏怀"。开头直接入题，说自己深夜不眠，起坐弹琴，月光照着床帷，清风吹动衣襟，制造了一个寂寞悲凉气氛，露出忧伤之意。接着写"孤鸿号原野，翔鸟鸣北林"。对这两句诗，有两种解释，一说"孤鸿号""翔鸟鸣"，用来营造悲凉气氛；另有人说："孤鸿号野外"，喻曹魏君孤独在外；"翔鸟鸣北林"，翔鸟即"鸷鸟"，喻司马氏得意在朝。作这样的理解，有些牵强；但写"鸿"用"孤"形容，用"号"描述；写"鸟"用"翔"形容，用"鸣"描述，明显带有感情成分。这是个对比，"号"者悲，"鸣"者喜，"号"者失意，"鸣"者得意，"孤鸿"与"翔鸟"确有隐喻意义，喻两种人一喜一悲不同的生活处境。阮籍用这一对比显示他内心的不平，也揭示社会的不平，这种不平情绪虽不一定确指曹氏君或司马氏君，但肯定是针对司马氏而发。结句说"忧思独伤心"，对这种不平现象表示愤慨。

第二首诗是诗人自述，写他的思想转变过程。开头四句自叙少年就好读书，虽然家境贫寒，也立志向颜渊、闵子骞学习，做一个贤人。颜渊与闵子骞是孔子的得意弟子，是儒家七十二贤人中的佼佼者。颜渊贫而好学，孔子说："贤哉，回也（颜渊名回），一箪食，一瓢饮，在陋巷，人不堪其忧，回也不改其乐。"闵子骞则贫而孝，孔子夸他"孝哉，闵子骞"。闵子骞是后母，一个严寒的冬日，父亲领着闵子骞与弟弟外出，闵子骞穿着厚厚的衣服，冻得瑟瑟发抖，他弟弟穿的衣服很单薄，却神色自若。父亲很生气，责怪闵子骞没出息，用鞭子打他，把衣服打破了，发现衣服里絮的都是芦花，他弟弟衣服里絮的却是丝绵（弟弟是后母生）。父亲这才知道后母虐待前房儿子，要将妻子休掉。闵子骞跪地苦苦为后母求情，父亲才原谅了这个后母。这就是有名的鞭打芦花的故事，在戏曲里叫《芦花记》。阮籍认为颜、闵二人德行高尚，以他们为学习榜样，这是少年时期的阮籍。"开轩"以下四句说，他经过反复深思，悟出一个道理：不管是圣贤，还是草野平民，最终都免不了埋身荒丘，化为白骨；再联想到目前的政治现实，他明白了，颜阂等人的儒家之道不可行，他个人的志向也无法实现，"千秋万岁后""万代同一时"，还有什么"荣"与"名"？不如像羡门子那样，抛弃"荣名"，求仙悟道，免得蝇营狗苟，惹人耻笑。这当然是阮籍的气愤语，他晚年纵酒佯狂，冷眼看世界，说明他心里装着义愤，还在关注人生。理想无法实现，只能用诗歌曲折地表达他的义愤了。阮籍的诗，语言质朴，态度冷峻，有些隐晦，还可以读懂。鲁迅说："阮籍作文章和诗都很好，他的诗文虽然也慷慨激昂，但许多意思都是隐而不显的。"这是晋诗的共同风格。

14. **大人先生歌**（阮籍）

天地解兮六合开①，星辰陨兮日月颓②。

我腾而上将何怀③？

【题解】

　　"大人""先生"都是对人的尊称，"大人先生"合一，表示极度尊重。阮籍写有《大人先生传》，又写《大人先生歌》，实际是用以自况。

【释疑】

　　① 解、开：都是分崩离析的意思。六合：东西南北上下叫"六合"，指全天下，整个宇宙。

　　② 陨：陨落。颓：颓废。

　　③ 腾而上：腾空而飞。将何怀：还怕什么，还有什么忧伤。

【今译】

　　　　天地崩裂呀宇宙离析，星辰陨落呀日月无光。

　　　　我腾空而飞还有什么忧伤？

【赏析】

　　前两句连用"天地解""六合开""星辰陨""日月颓"四个词组，表示整个大自然发生了大裂变，好像世界末日到了，让人触目惊心。然后说"我腾而上将何怀"，这一切与我无损，我飞到高空，还怕它什么？我是超然世外的。

"解""开""陨""颓"，实际暗喻政治局势的剧烈动荡，"腾而飞"暗喻远离政治漩涡，"将何怀"是自我宽解，也是自我激励。"我"字是全篇诗眼，诗人将动荡的现实与超然的自我对举，表现"自我"的觉醒，也表示处变不惊，才是对待巨变的万全之策。阮籍生活在一个政治险恶的年代，这首诗反映了他在那个年代的典型心态。阮籍是老庄信徒，他的老庄哲学还真学到了家，达到了物我两忘的境界。这首诗肯定了个人在历史巨变中的能动作用，这在古诗中尚不多见。

【阅读延伸】

曹魏时期有个"七子"诗人群体，晋代也有个著名的文学群体，叫"竹林七贤"，包括嵇康、阮籍、向秀、刘伶、山涛、王戎、阮咸。这七个人，政治上都反对司马政权的残暴；思想上都崇尚老、庄，厌恶礼教，蔑视世俗；性格上都旷达无羁，嗜酒成癖。他们经常聚于竹林，批评时局，论诗谈玄，被称为"竹林七贤"，是当时文坛的主要成员。他们身处曹魏与司马氏两个集团相互倾轧的政治环境中，有忧国之心，也有愤世之慨，但都不敢明言，只能隐晦曲折地表达他们的愤世之情。这种诗风被称作"正始体"（"正始"是曹魏即将灭亡时皇帝曹芳的年号）。在司马政权高压政策下，这个文学群体逐渐分裂了，有的佯狂遁世，有的消极颓废，有的被迫出仕，也有的投靠司马氏，唯有嵇康、阮籍一直坚持反司马立场，乃至嵇康被杀。这种类似"七子"与"竹林七贤"的文学群体现象，在文学史上屡见不鲜，是特殊历史环境的产物。

咏 史 （一）（左思）

　　皓天舒白日，灵景耀神州①。

　　列宅紫宫里，飞宇若云浮②。

　　峨峨高门内，蔼蔼皆王侯③。

　　自非攀龙客，何为欻来游④？

　　被褐出阊阖，高步追许由⑤。

　　振衣千仞冈，濯足万里流⑥。

【作者简介】

　　左思是晋代文坛大家，出身寒门，容貌丑陋，口才拙笨，不好交游，仕途不得志，做过小官，一生大多时间赋闲在家。但博学，兼善阴阳之术。构思十年，作《三都赋》，富豪之家争相传写，洛阳纸价因此昂贵起来。由此"洛阳纸贵"成为常用成语，用来称誉一个人的著作流传甚广。左思的诗，辞意并茂，内容深刻，被誉为"一代作手"。

【题解】

　　《咏诗》是组诗，共八首，是左思的代表作，这里选的是组诗的第五首，抒写对门阀制度的不满。

【释疑】

　　① 舒：舒展。灵景：日光。神州："赤县神州"的简称，指中国。

② 列宅：一排排宅院。紫宫：又称紫微宫，星垣名，喻皇都。飞宇：高楼。

③ 峨峨：形容高。蔼蔼：形容多。

④ 攀龙客：追随皇帝乞求升官的人。欻（xū）：忽然。

⑤ 被褐（hè）：穿着粗布衣服。被，同"披"。阊阖（hé chāng）：宫门。许由：传说中的高士，尧想让帝位给他，他不接受，逃到箕山下，隐居躬耕。

⑥ 仞：七尺或八尺为一仞。濯（zhuó）：洗。

【今译】

　　红日舒展地在晴空遨游，阳光灿烂地照耀着神州。

　　皇都矗立着一排排豪宅，华丽宫殿像在云中飘浮。

　　高大巍峨的豪楼崇门中，出出入入都是王侯贵族。

　　我本不是攀龙附凤之徒，为什么忽然来皇宫一游？

　　穿着粗布衣服走出皇宫，大步追随古代隐士许由。

　　在千仞高山上抖动衣衫，在万里河流中洗我双足。

【赏析】

　　开头两句，描绘了一幅阳光灿烂、气势雄浑的图画：神州大地，红日高悬，晴空万里，为下文描写京城生活造势。"列宅紫宫里"以下四句，描写京都贵族的生活景象：皇城以内，一排排宫殿鳞次栉比，高大巍峨，如飘浮在云空的仙境；在高门大院中，出出进进、熙熙攘攘的，都是王侯贵族，一个个大腹便便，志得意满。这四句诗，做了一番俯瞰式的描绘，有一种居高临下的气势，充满鄙薄之意。"自非攀龙客"以下六句，表达自己的人生愿望：诗人反省自己，并不是攀龙附凤、追名逐利之人，何必在京都这种贵族圈里混日子呢？于是决定要穿着粗布衣服，走出京城，追随许由，去过隐士的生活，在千仞高山上抖动衣服，在万里河流中洗涤双足，以除掉身上沾染的尘世污垢。

左思出身微贱，一生居于下层，这首诗抒发了对门阀制度和门第观念的不满，表达了不与黑暗污浊的社会同流合污的决心。全诗意境开阔，情调高昂，没有因壮志难酬而意志消沉的哀怨，这在文人诗中是难得的。

16 咏 史 （二）（左思）

荆轲饮燕市^①，酒酣气益震。

哀歌和渐离^②，谓若旁无人。

虽无壮士节^③，与世亦殊伦^④。

高眄邈四海^⑤，豪右何足陈^⑥。

贵者虽自贵，视之若埃尘。

贱者虽自贱，重之若千钧^⑦。

【题解】

这首诗是组诗《咏史》的第六首，表达对权贵的蔑视。

【释疑】

① 荆轲：战国时期为燕国太子丹刺杀秦王的勇士。燕市：燕国都城，在今北京市附近。

② 渐离：即高渐离。《史记·刺客列传》载："荆轲嗜酒，日与狗屠（杀狗的）高渐离饮于燕市。酒酣以往，高渐离击筑（古代的一种弦乐器，像琴，用竹尺敲打），荆轲和而歌于市，相乐也，旁若无人。"

③ 节：节操。

④ 殊伦：与众不同，有特殊之处。

⑤ 眄：斜眼相看。邈：轻视。

⑥ 豪右：豪门贵族。何足陈：不值一提。

⑦ 钧：古代的重量单位，三十斤是一钧。

【今译】

> 荆轲燕市常豪饮，酒醉之后更兴奋。
> 与渐离高歌相和，狂傲得旁若无人。
> 虽缺点壮士节操，却也是特殊绝伦。
> 斜眼藐视轻四海，豪门贵族不足云。
> 贵者让他自去贵，我视他们如埃尘。
> 贱者不要自轻贱，我视他们重千钧。

【赏析】

入题直书荆轲在燕市豪饮，畅快淋漓，狂放不羁；高渐离击筑，荆轲高歌，旁若无人。"虽无壮士节，与世亦殊伦。"这是诗人对荆轲的评价：即使缺点壮士节操，也自有他的特殊之处，无人可比。荆轲有什么特殊之处呢？下两句点明，他特殊在"高眄邈四海，豪右何足陈"，天生傲骨，孤傲不凡，从不把豪门贵族放在眼里。

"贵者虽自贵"以下四句，离开荆轲，扩而谈对人生贵贱的看法：那些达官贵人自以为高贵，我却视他们如同埃尘；那些微寒之士，别人说他们微贱，我却认为他们的品格重似千钧。

这首诗借古讽今，肯定荆轲傲视四海，鄙弃权贵的精神，抒发了他对门阀制度的批判。运用对比手法，表达自己的爱憎，突现诗的主题。

游仙诗（郭璞）

京华游侠窟，山林隐遁栖①。

朱门何足荣，未若托蓬莱②。

临源挹清波，陵冈掇丹荑③。

灵溪可潜盘，安事登云梯④？

漆园有傲吏，莱氏有逸妻⑤。

进则保龙见，退为触藩羝⑥。

高蹈风尘外，长揖谢夷齐⑦。

【作者简介】

　　郭璞，晋末诗人。口拙，不善言词，但博学多才，注释过《尔雅》《山海经》《方言》《楚辞》等经典著作；又善五行卜筮之术，影响他的诗作。晋代玄学诗充斥诗坛，郭璞走的也是玄学路子。但他的诗，构思险怪，文采华丽，寄托了对现实的不满，有别于毫无生气的其他人的玄学诗。他写了十四首《游仙诗》，这里选一首，大家认识一下玄学诗的基本面貌。

【题解】

　　《游仙诗》是玄言诗的一种形式，假借神仙或古人言事。陈祚明《采薇堂古诗选》说："《游仙》之作，明属寄托之词，如以'列仙之趣'求之，非基本旨矣。"就是说，这类诗，写的虽是神仙，仍然意在人间。《游仙诗》十四首是郭璞的代表作。

【释疑】

① 京华：京都。游侠窟：游侠活动的场所。隐遁：指隐居的人。栖：居住。

② 朱门：有钱有势的人家。蓬莱：仙人居住的地方。托蓬莱：意指归隐

③ 挹（yì）：舀取。丹荑（tí）：灵芝草，传说吃了可长生不老。

④ 灵溪：水名，是隐居的地方。潜盘：指隐居。登云梯：指升仙（乘云而上）。

⑤ 漆园傲吏：指庄周，他曾做过漆园吏。《史记》载："楚威王闻庄周贤，使使厚币迎之，许以为相。周笑谓楚使者曰：'子亟去，无污我（快点滚开，不要玷污了我的清白）'。"故称"傲吏"。莱氏逸妻：莱氏指老莱子。据《烈女传》载，老莱子避世，耕于蒙山之阳。楚王坐着车到老莱子门前，请他出来做官，他答应了。妻曰："今先生食人酒肉，受人官禄，为人所制也，能免于患乎？妾不能为人所制，投畚（箕箕）而去。"老莱乃随而隐。逸妻，气节高尚的妻子。

⑥ 进：指出仕做官。保龙（君王）见：被君王重用。退：指做了官后再退隐。触藩羝（dī）：即公羊的角被卡在篱笆中，比喻进退两难。藩，指篱笆。羝，是公羊。

⑦ 高蹈：远远离开。风尘：尘世，人间。夷齐：伯夷、叔齐，商末人。这二人是孤竹国君（孤竹国在今河北滦县一带）的儿子，国君想让叔齐继承王位，国君死后，叔齐让位给兄长伯夷，伯夷不接受，叔齐也不愿意即君位。两人先后逃到周国，在首阳山隐居。周灭商后，二人认为周违背道义，"义不食周黍"，活活饿死在首阳山。传统观念认为这二人有气节，是"义"的代表人物。

【赏析】

　　这首诗可分三层，前四句为第一层，明确提出，朱门豪宅不足为荣，不如寄身蓬莱仙境，做一个隐士。五至八句为第二层，描写了隐士悠闲恬淡的生活，饮清水，吃灵芝，何等惬意。生活如此舒心，又何必去求仙（登云梯）呢? 后六句为第三层，举出庄周、老莱子、伯夷、叔齐为榜样，表示要仿效先贤，拒不出仕。"进则保龙见，退为触藩羝"是从反面讲：如果出仕，会得到君王重用，但再想退下来，就像夹在藩篱中的公羊，两只角被卡住，进退两难了。这首诗，虽诗题是《游仙》，但不主张求仙，只是蔑视做官求进，歌咏隐居乐趣，表达了隐居避世的志向。

归园田居 （一）（陶渊明）

少无适俗韵①，性本爱丘山。

误落尘网中，一去三十年②。

羁鸟恋归林，池鱼思故渊。

开荒南野际，守拙归田园③。

方宅十余亩④，草屋八九间。

榆柳荫后檐，桃李罗堂前。

暧暧远人村，依依墟里烟⑤。

狗吠深巷中，鸡鸣桑树巅。

户庭无尘杂，虚室有余闲。

久在樊笼里⑥，复得返自然。

【作者简介】

　　陶渊明，东晋文学家，又名潜，字元亮。他的曾祖是晋大司马陶侃，祖父和父亲都曾为太守。到他这一代，家世已衰落，早年生活贫寒，少有大志，但只当过小官，最后一次做彭泽令，不愿为五斗米折腰，任职仅八十一天，就辞职而去。从此隐居二十余年，每天与樵子农夫相处，以饮酒躬耕为乐，世称"靖节先生"。陶渊明是我国文学史上伟大的诗人，今存诗文一百二十余篇，散文以《桃花源记》最有名。他的诗多写农村隐居生活与对人生的领悟，是我国山水田园诗的开创者。诗的风格恬淡隽永，自然淳厚，兼有刚健豪放与恬静冲淡的特色，对后世影响极大。清人沈德潜评陶为"六朝第一流人物"。

【题解】

《归园田居》是一组组诗，共五首，写于他辞职彭泽令回家不久，这是选的是第一首。这组诗主要表现诗人归隐的本志与村居的乐趣。

【释疑】

① 适俗韵：适应世俗的兴致。韵，指兴致、气质、本性等。丘山：指大自然。

② 尘网：指官场。三十年：应是"十三年"，他二十九岁出仕，四十二岁辞彭泽令回家，前后十三年。

③ 守拙：保持拙朴的本性。

④ 方宅：住宅方圆周围。

⑤ 暧暧（ài）：形容昏暗。依依：形容轻柔。

⑥ 樊笼：指官场。

【阅读思路】

1. 阅读前六句，分析陶渊明辞职的原因及辞职前的心情。

2. 这首诗主要写陶渊明辞职归家后的田园生活，最后两句是这首诗的主旨，请从中分析陶渊明的人生哲学，加深对这首诗的理解。

【今译】

从小就与世俗无缘，我的本性爱好自然。
失足误入官场之中，一困就是一十三年。
笼中之鸟思恋树林，池中之鱼向往深渊。
村子南边开荒种地，守拙务本乐守田园。
住房周围宅基十亩，草房不多盖八九间。

房前屋后榆柳成行，几棵桃李种在窗前。

寂寂静静人烟稀少，飘飘袅袅几缕炊烟。

深巷犬吠声犹在耳，桑枝鸡鸣频频又传。

庭洁户净了无杂尘，居室宽余环境悠闲。

官场樊笼困居已久，如今又能重返自然。

【赏析】

　　这首诗主要写归隐的志向与农家生活的乐趣。开头六句交代归隐的原因。陶渊明在彭泽令职位上，为什么仅八十一天就挂印而去？一是因为"少无适俗韵"，厌恶官场，无法适应世俗；二是因为"性本爱丘山"，热爱大自然。诗人把做官看作"误入尘网"，又把做官比作"羁鸟""池鱼"，厌恶与懊悔情绪表露得很充分，向往大自然的迫切心情也表露得很充分。萧统的《陶渊明传》说，他辞官是"不愿为五斗米折腰"。"五斗米"，指官薪。他做官十三年，看透了官场的腐败与贪鄙，与他原本"爱山丘"的高洁本性水火不容，他当然不能"折腰"，于是挂印而去了。

　　后十二句极写归田之乐：开荒种地、植树盖房、鸡鸣犬吠、窗明几净，小小村落，袅袅炊烟。好一幅山村风景人情画，自由自在，随心适性，远离尘俗，怡然自得，诗人从小的心愿得以实现了，于是在篇末由衷地喊出："久在樊笼里，复得返自然。"这一结尾与开头的"误落尘网中"相对比，充分显示了诗人的喜悦之情。向往自由，寄情山水，托身自然，是陶渊明一直坚持的人生哲学，因而"复得返自然"，是"性本爱山丘"的必然归结。

　　这首诗的高妙之处是天然真淳，了无矫饰。陶渊明的归隐，不是故作高蹈，更不是"终南捷径"，他是发自真心，出于实意，所以他笔下的图景与境界，天然真淳。王国维说："能写真景物、真感情者，谓之有境界。"（《人间词话》）金代诗人元好问也说陶诗"一语天然万古新，豪华落尽见真淳"。这首诗的境界，全在"真淳"二字，一个脱离了低级趣味的真人，写他亲历的真景物，抒发他内心的真情感，这本身就是高档次的艺术境界。

【阅读延伸】

《归园田居》以其恬淡、幽静、淳美的风格，开创了田园诗一个流派。其后，唐人王维、孟浩然，宋人范成大等人的诗莫不受其影响。谢灵运、谢朓等人山水诗，也是这个流派的分支。对后人的这种影响，奠定了陶渊明在我国文学史上无人可替代的位置。

归园田居 （二）（陶渊明）

种豆南山下①，草盛豆苗稀。

晨兴理荒秽，带月荷锄归②。

道狭草木长，夕露沾我衣。

衣沾不足惜，但使愿无违③。

【题解】

这是《归田园居》的第三首，描写一天的劳动生活，表达不与世俗同流合污的心怀。

【释疑】

① 南山：指庐山。

② 晨兴：早晨起来。荒秽（huì）：指野草。带月：伴着月光。荷（hè）：扛着。

③ 但：只，只要。

【今译】

种豆庐山为自用，草多苗稀需勤耕。

清早起来除野草，荷锄归来满天星。

道路狭窄草木盛，露水打湿我衣襟。

衣襟打湿不足惜，只要心愿不落空。

【赏析】

陶渊明热爱劳动，想依靠自己的劳动，自食其力，过平民生活，但他肯定不是劳动能手。诗的开头说"种豆南山下，草盛豆苗稀"，颇有幽默感，文人种田，必然"草盛苗稀"。自惭不善经营，地要荒了，怎么办呢？于是"晨起理荒秽"，以勤补拙，一直干到天大黑，才"带月荷锄归"。前一句写劳动的艰辛，后一句写劳动后的轻松、愉快，"带月荷锄"很有生活气息，诗人悠然自得的神情，跃然纸上。在回家的路上，"道狭草木长，夕露沾我衣"，恐怕还有些腰酸腿痛，不过他不顾这些，而是说"衣湿不足惜，但使愿无违"，只要不违背个人心愿，他什么苦都能吃，霜打雨淋，腰酸腿痛，算得了什么。他所说的"愿"，就是自由自在，躬耕自食。诗至此，返归自然并怡然自乐的情志和盘托出了。

【阅读延伸】

鄙视体力劳动，是儒家传统思想的一大偏见，陶渊明作为一个出身于贵族家庭，又当过官的读书人，能把自己类同于平民的劳动写入诗歌，说明他摆脱了儒家思想的束缚。更可贵的是，他不仅写劳动，还写出了劳动中休戚甘苦的感受，没经过真正的劳动锻炼的人，做不到这一点。清人方东树评此诗："真景、真味、真意如化工。"陶渊明写的完全是劳动中的真实感受，在玄言诗风行的晋代，陶渊明的诗像一股新鲜空气，涤荡着诗坛的乌烟瘴气。

20. # 饮 酒（陶渊明）

> 结庐在人境①，而无车马喧。
>
> 问君何能尔②，心远地自偏。
>
> 采菊东篱下，悠然见南山③。
>
> 山气日夕佳，飞鸟相与还④。
>
> 此中有真意，欲辨已忘言。

【题解】

陶渊明的《饮酒诗》共二十首，诗前有序。据序可知，这些诗都是酒后所作，不是作于一时，而是辞官后陆续写成。这些诗脍炙人口，既抒发了诗人归隐后悠闲恬静的心情，又蕴涵着某些宇宙哲理，表现了诗人对人生超然境界的向往与追求。这里选的是《饮酒》诗的第五首。

【释疑】

① 结庐：建屋。人境：人世间。

② 尔：如此，这样。

③ 悠然：轻闲自得的样子。

④ 相与：一起，相伴。

【阅读思路】

深入体会一下"采菊东篱下，悠然见南山"这两句诗所创造的意境，以及"心远地自偏"与"欲辨已忘言"这两句诗所蕴涵的人生哲理。

【今译】

> 寄居在人世之间，却不闻马嘶车喧。
>
> 如何能做到这样，心宁静地自偏远。
>
> 东篱之下采菊自赏，庐山秀色飘然入眼。
>
> 夕阳映照山色愈佳，对对鸟雀结伴飞还。
>
> 此中蕴涵人生真谛，欲说何必使用语言。

【赏析】

诗的前四句有着丰富而深刻的内涵。"结庐在人境"，明确表明人生态度，他生活在现实人间，弃官但不弃世，隐居但不隐遁。隐居是躬耕垄亩，不是逃避现实，不是玄学所说的修仙成道。"而无车马喧"，又进一步说，他虽然生活在人世间，但远离世俗，他讨厌那种人来人往，车接马迎的喧嚣。一个"喧"字，包含着人生百态，比如官场的勾心斗角，私利的蝇营狗苟。怎样才能做到身在尘世而远离尘世的喧嚣呢？"心远地自偏"做了明确的、富有深刻哲理意蕴的回答。"心远"是说心灵已经净化，"地偏"是说自然会偏离世俗。陶渊明在这里用诗的语言告诉人们，人的形迹无法脱离现实，精神却可以超越现实而净化。这一回答，振聋发聩，让人耳聪目明，精神境界提高一个档次。

"采菊东篱下，悠然见南山"，是对自己归隐生活的绝妙写照。一个傍晚，诗人在院边篱下，采菊自赏，无意间偶尔抬头，庐山秀色飘然映入眼帘。这种境界，是超然世外的，是心无杂尘的，是心之所至，暗香自来的，意会则情趣无穷，言传就索然无味了。

"山气日夕佳，飞鸟相与还"，是诗人"悠然见南山"所见之景。夕阳西下，晚霞映照着山林，对对飞鸟结伴回巢。此景此情，将诗人恬淡的心境进一步净化，人与大自然神形相契，物我两忘，这是诗人所追求的至高精神境界。

"此中有真意，欲辨已忘言"，是诗人对自己心境的总结，也是全篇的总结。"真意"是对人生真谛的感悟，这种感悟，如何告诉别人呢？"已忘言"不是不想说，而是无法用语言表达。此中蕴涵的哲理是：真理是朴素的，无须多言，只能心领神会，在行动中一点一点去琢磨。

这首诗，辞浅但意深，朴实但潇洒，意境高远，内涵深刻，哲理丰富，历来受人推崇，是田园诗中的绝佳上品。

【阅读延伸】

清人吴淇评这首诗说："'心远'为一篇之骨，'真意'为一篇之髓。"所谓"骨"，指诗的精神支柱，也就是现今所说的主体思想。"心远"是心灵净化，有一颗净化的心灵，写出的诗自然会铮铮铁骨。所谓"髓"，指精神实质，"真意"是人生真谛，悟通了人生真谛，写出的诗自然会神髓高远。一首诗的好坏，不在辞藻，而在骨髓。吴淇对这首诗的解析，可谓一语破的。

读 《山海经》（陶渊明）

精卫衔微木，将以填沧海①。

刑天舞干戚，猛志固常在②。

同物既无虑，化去不复悔③。

徒设在昔心，良辰讵可待④。

【题解】

《山海经》是古代一部记述山川异物和神话传说的书。陶渊明的《读山海经》诗共十三首，这里选的是第十首。这首诗借神话传说，抒发诗人壮志难酬的感慨。

【释疑】

① 精卫：神话中的鸟名。据《山海经》记载，精卫原是炎帝的女儿，名女娃，溺死于东海，死后化为鸟，常衔西山木石填东海，以免他人再溺死。微木：小木块。

② 刑天：传说中的神兽。据《山海经》记载，刑天同天帝争位，天帝断其首，他仍不屈服，"以乳为目，以脐为口，操干戚而舞"。干，盾。戚，斧。

③ "同物"句：这句是说精卫同其他万物一样，也有生有死，死后就没有什么可疑虑的了。"化去"句：这句是说刑天乳化为目，脐化为口，仍战斗不息，毫不后悔。

④ 徒设：空有。昔心：往日的雄心。讵（jù）：岂，哪里。

【今译】

精卫衔着小木块，日日夜夜填大海。

刑天虽死仍战斗，威猛之气永常在。

精卫已死无忧虑，刑天化身无悔改。

空有雄心壮志在，实现日子难到来。

【赏析】

头四句举出两个神话故事，精卫虽然是个小鸟，从"衔微木"看，也身单力薄，但志在填平大海；刑天虽然头断血流，仍操盾斧而舞（战斗）。诗人对他们的评价是"猛志固常在"，坚定不移，勇猛顽强。诗人对这样的顽强壮举，表示了赞美之情。接着抒发感慨：精卫死后，再无疑虑，一心一意填大海；刑天异化，毫不后悔，一如既往在战斗。最后联想到自己：空有精卫、刑天一样的壮志，但生不逢时，时不我待，什么时候壮志才能实现呢？这感慨之中，显露了诗人的心迹，他为壮志难酬而愤慨不平。这首诗由神话到现实，由精卫、刑天到自己，引出末两句的感慨，意味深长。

【阅读延伸】

这首诗让我们认识了陶渊明的另一面，他不只是一个"采菊东篱下"的高洁隐者，还是一个渴望战斗的勇士。鲁迅说："陶渊明除了论客们所佩服的'悠然见南山'外，也还有'精卫衔微木，将以填沧海。刑天舞干戚，猛志固常在'之类的'金刚怒目'式，在证明着他并非整天整夜的飘飘然。"（《题未定草》）鲁迅的话道出了陶渊明精神世界的实质，他本质上是个战士，隐居只是他在那个年代所能选择的一种反抗方式。写《艺概》的刘熙载也看到了这一点，他说："渊明《读山海经》，言在八荒之表而情甚亲切，尤诗之深致也。""八荒"指八方荒远之地，"言在八荒"亦即鲁迅所说"金刚怒目式"，刘熙载认为这是"诗之深致"，就是说《读山海经》反映了陶渊明更深远的情致，不能同一般抒情诗等而观之。

22 乞 食（陶渊明）

饥来驱我不去，不知竟何之①。行行至斯里②，叩门拙言辞。

主人解余意，遗赠副虚期③。谈谐终日夕，觞至辄倾杯。

情欣新知欢④，言咏遂赋诗。感子漂母惠⑤，愧我非韩才。

衔戢知何谢⑥，冥报以相贻⑦。

【题解】

陶渊明躬耕自食，晚年体衰多病，常饥寒困顿，乃至到了有时向人乞食的程度。这首诗所写是他一次向人乞食时的情形。

【释疑】

① 何至：到哪里去，指乞食没有固定目标。

② 斯里：指乞食的这一家。

③ 遗：赠与。副：相称。虚：指心。期：期望。这句诗意思是说主人有所赠与，正和心中所期望的相称。

④ 新知：新交的朋友。

⑤ 漂母惠：汉初大将韩信，贫贱时，漂母（漂洗衣物的老妇人）曾周济（惠）他，给他饭吃，后来韩信重报漂母。下句"韩才"指韩信的才干，意思是说不能像韩信那样重报主人。

⑥ 衔戢（jí）：记在心里。戢，收藏。

⑦ 冥报：死后报答，即终生不忘。贻：原意是赠送，这里的意思是回报。

【今译】

　　饥饿驱使出外乞食，我竟不知到哪里去。

　　走走遇到乞食这家，叩门言辞拙笨无序。

　　主人了解我的用意，赠送食物正如我期。

　　言谈和谐直到天晚，倾杯对饮两情欢娱。

　　两情欢娱新交挚友，新交挚友即席赋诗。

　　感谢主人惠同漂母，自愧不能重报主人。

　　记在心里不知怎谢，只好来世报答大恩。

【赏析】

　　封建时代的读书人，都要面子，即使穷困潦倒，也总要设法掩饰。陶渊明却不以穷困为耻，直接以《乞食》为题写诗，坦诚地描述向人乞讨的情形，实为士人所罕见。当然陶渊明的乞食，不是沿街乞讨，是向人暂借。正如苏轼所说："渊明饥则叩门乞食，饱则鸡黍以延客（请客），古今贤之，贵其真也。"

　　这首诗分三段，前四句写在饥饿驱使下出门乞食的情形，写得形象逼真，符合人物心境："不知竟何之"，写出漫无目标、不知所措的窘状；"叩门拙言辞"，尽现站立门前、进退两难、羞于启齿的尴尬心态。中间六句写乞食如愿、把酒言欢的场面：陶渊明这样一个大诗人，名扬天下，主人欣然款待，陶渊明也坦然承受，酣饮之余，还即席赋诗，露出诗人的性情本色，胸无芥蒂，真率自然，落落大方，以诚相见。后面四句写感谢主人，而无以为报的愧意，只有铭记在心，来世相报了。

　　陶渊明晚年贫病交迫，乃至乞食，却依然拒绝江州刺史檀道济馈送的粮肉，坚不出仕，表现了宁愿乞食也不苟合于腐败官场的崇高气节，这才是陶渊明，一个既清高又质朴的陶渊明。这首诗文字质朴，感情真挚，叙事逼真，充分体现了陶诗质朴中见真淳的艺术风格。元好问称赞陶渊明"此翁岂作诗，直写胸中天"。"真"与"淳"就是陶渊明的"胸中天"，他的诗是真淳磊落的心灵与真淳朴实的风格的统一，是人格美与艺术美的统一。

23 形影神 （三首） （陶渊明）

形 赠 影

天地长不没，山川无改时①。草木得常理②，霜露荣悴之③。
谓人最灵智，独复不如兹④。适见在世中⑤，奄去靡归期⑥。
奚觉元一人⑦，亲识岂相思？但余平生物，举目情凄洏⑧。
我无腾化术⑨，比尔不复疑⑩。愿君取吾言，得酒莫苟辞。

影 答 形

存生不可言⑪，卫生每苦拙。诚愿游昆华⑫，邈然兹道绝⑬。
与子相与来⑭，未尝异悲悦。憩荫若暂乖⑮，止日终不别⑯。
此同既难常，黯尔俱时灭⑰。身没名亦尽，念之五情热⑱。
立善有遗爱⑲，胡可不自竭⑳。酒云能消忧，方此讵不劣㉑。

神 释

大钧无私力㉒，万物自森著㉓。人为三才中㉔，岂不以我故？
与君虽异物㉕，生而相依附。结托既喜同，安得不相语㉖！
三皇大圣人㉗，今复在何处？彭祖爱永年㉘，欲留不得住。
老少同一死，贤愚无复数。日醉或能忘，将非促龄具㉙。
立善常所欣㉚，谁当为汝誉㉛？甚念伤吾生，正宜委运去㉜。
纵浪大化中㉝，不喜亦不惧。应尽便须尽㉞，无复独多虑。

【题解】

　　这是一组寓言体的诗，借形、影、神阐释一种哲学理念。"形"指人生前的形骸，"影"指身影，"神"指人死后的灵魂。这是一个很玄妙的哲学命题，陶渊明却借助他塑造的形、影、神三个艺术形象，深入浅出地巧谈人生哲学，显示了高超的艺术造诣。

【释疑】

　　① 不没、无改：指天地、山川永久存在。

　　② 常理：指草木的生长规律。

　　③ 荣悴：指草木受霜露影响而容枯。

　　④ 兹：指天地山川的永存和草木的容枯。

　　⑤ 适：才，刚。

　　⑥ 奄去靡归期：指人死后再不能回归人世。

　　⑦ 奚觉无一人：意思是形与影原本是一身。

　　⑧ 洏（ér）：涕泪交流。

　　⑨ 腾化术：升腾幻化的技能。

　　⑩ 比尔不复疑：指随着人死形与影无疑都不存在了。

　　⑪ 存生：指长生不老。下句的"卫生"指延长生命，勉强活着。

　　⑫ 诚：诚然，即使。游昆华：指到昆仑山、华山寻求长生之术。

　　⑬ 兹道：指寻求长生之道。

　　⑭ 与子相与来：指形与影互不分离。

　　⑮ 憩（qì）荫：在树荫下休息。憩，同"憩"，休息。暂乖：暂时分开。乖，乖离。

　　⑯ 止日：站在日光下。

　　⑰ 黯：黑暗中。

　　⑱ 五情热：指感情激动。

⑲ 立善：指立德、立言、立功，儒家认为这是三项不朽的事业。

⑳ 自竭：自己竭力去做。

㉑ 讵不劣：岂不低劣。讵，岂。

㉒ 大钧：指大自然。无私力：大公无私。

㉓ 万物自森著：万物依赖大自然而繁茂地自立于世。

㉔ 人为三才中：人是形、影、神三者的主体。中，中心，主体。

㉕ 与君虽异物：指影与形虽然有不同。下句"生而相依附"是说随着人的诞生影与形相互依附在一起。

㉖ 安得不相语：形、影、神怎能不结合在一起呢。语，同"与"。

㉗ 三皇大圣人：指远古的贤人。

㉘ 彭祖：传说中人物，据说生与夏代，到殷末时还健在，已七百六十七岁，所以说他"爱永年"。

㉙ 将非促龄具：意思是将会加速死亡。

㉚ 所欣：高兴的事，好事。

㉛ 谁当为汝誉：谁能让你留名后世。

㉜ 正宜委运去：正应该抛弃这一切而去。委，抛弃。

㉝ 纵浪大化中：无拘无束生活于大自然中。纵，纵情。大化，大自然。

㉞ 应尽便须尽：顺应大自然，应该结束就结束。

【今译】

形 赠 影

天地永远不会没，山川也无更改时。

草木生长有规律，霜打枯萎露又苏。

人虽号称最灵智，生命反不如草木。

刚才活在人世间，转眼死去永无回。

形影原本是一体，岂不相识与相思？

平生只是一赘物，死去涕泪相交流。

我无升腾幻化术，必然死去勿用疑。

愿影听我一句话，有酒就饮莫推辞。

影　答　形

长生不老不可能，勉强活着更苦拙。

想到昆华学长生，此路渺茫不可通。

我影与形不可分，共喜共悲命运同。

树荫休息暂离别，阳光下面再重逢。

影不离形难长久，黑暗一来我又无。

身形没了影也殁，想到这些情激动。

立善于世留美名，何不竭力去完成。

谁说酒能解忧愁，酒比立善低劣多。

神　释

自然无私最公平，万物赖以自繁荣。

人体综合形影神，岂不以人为根本？

神与形影虽不同，三者同随人而生。

结合一起哀乐共，相互怎能不相通！

三皇圣人古贤者，他们如今在何处？

彭祖古今最高寿，世上同样留不住。

老年少年同样死，无论贤愚都如此。

常醉或许能忘忧，无非加速你的死。

立善只能心欢娱，谁能扬名于后世？

过分思虑伤寿命，都应抛弃任它去。

纵情顺应大自然，生不为乐死不惧。

该结束时就结束，不必独自再忧虑。

【赏析】

《形影神》，从题目看就是个哲学命题，又用寓言形式写，很不好懂。为了读懂这首诗，先了解一下诗的产生背景：由于社会动乱，人生多苦难，正如一首乐府诗所说，"人生不满百，常怀千岁忧"，因而如何解脱人生苦难，成为人们普遍在探讨的问题。世俗之人，有的主张及时行乐，有的追求功名利禄，绝大多人游移于二者之间。神学信奉者则寄希望于现实之外的极乐世界：稍早于陶渊明的道教信徒葛洪，就迷恋于炼丹，求长生不老；与陶渊明同时的佛教领袖慧远，则鼓吹念佛可以通达神灵，使人摆脱生死轮回，进入天堂佛国。慧远写了篇《形尽神不灭论》，宣扬因果相报的思想。陶渊明也很关心摆脱人生苦难的问题，他对人生的看法受老庄天道自然观影响很深，主张顺应自然，认为按天道自然对待人生，才能摆脱痛苦。这种主张有它的局限性，因为它忽视了人的主观主动性，但与葛洪与慧远相比，要进步得多。陶渊明在《形影神》诗中，假借形、影、神之口，对及时行乐、立善求名的俗人想法，予以否定；对神学的形尽神不灭论和因果报应思想，给予驳斥。这在玄学风行的晋代，是有很大进步意义的。

第一首《形赠影》，写"形"对人生的看法，提出人生苦短，要及时行乐的主张。这首诗含三层意思，前八句是第一层，感叹人生不能像天地山川那样长久，甚至也不能像草木那样荣枯代谢，枯而复苏。人虽然号称"最灵智"，却"适见在世中，奄去靡归期"，刚刚还活在人间，转眼就死了，而且永远回不来了。中间四句是第二层，写死亡带来的痛苦："形"与"影"本为一体，相识相思，但人死之后，一切都没了，只能涕泪交流，痛苦万端。最后四句是第三层，"形"感到自己没有腾化之术，死是必然的，因而劝"影"有酒莫辞，及时行乐吧。这是"形"的人生主张。

第二首《影答形》，写"影"对人生的看法，也含三层意思。前四句是第一层，针对上首"形"对死亡的感慨，指出世无长生之道："存生不可言"，人不可能长生；"卫生每苦拙"，勉强活着更愚蠢（拙）；"诚愿游昆华，邈然兹道绝"，即使一心一意想去崑仑、华山学道，求长生之术，但前途渺茫，此路不通。中间八句是第二层，写"形"与"影"之间的密切关系：二者"相遇"而来，有着同喜同悲的命运；树荫下休息时，二者暂时分别，一到阳光下又密不可分，始终不离。可惜这种密切关系不能永远保持，黑暗一来，"影'即消失了。最后四句是第三层，提出戒酒立善的主张：所谓立善，即立德、立言、立功，是儒家认为的人生根本；而酒，虽能解忧，与立善相比，就显得低劣了。这是"影"对人生的看法，作者借"影"之口，否定了以酒消愁、及时行乐的思想。

第三首《神释》是"神"对"形""影"的答辩，含四层意思。头两句是第一层，热烈赞颂大自然公正无私，万物依赖它才得以繁荣自立。大自然是生命之源，万物之本，这是天道自然观的基本观点，陶渊明借"神"之口，肯定这一观点。"人为三才中"至"欲留不得住"是第二层，否定慧远的形灭神不灭论：先从理论上阐释形、影、神密不可分，人是三者的主体，有了人三者才能相互依附在一起，生死存亡息息相通；然后举例说明，如果说形灭神不灭，那么三皇大圣人的"神"如今哪里去了？彭祖虽然高寿，不也死了吗，他的"神"又在哪里？所以无论老少、贤愚，都会死的，人死后，"形、影、神"都不复存在了，彻底否定了形灭神不灭论。"老少同一死"至"正宜委运去"是第三层，否定及时行乐和立善说："日醉或能忘，将非促龄具"，是对及时行乐的否定，天天醉酒，或许能够暂时忘记忧愁，但这是自我戕害，只能加速死亡；"立善常所欣，谁当为汝誉"，是对立善说的否定，立善虽然是件令人欣慰的事，可以让人扬名，但世道黑暗，善恶不分，谁会欣赏你的善行而为你扬名后世呢？所以应该抛弃及时行乐与立善的想法，免得虑多损寿。最后四句是第四层，正面提出"神"的人生主张：应该无拘无束地生活在大自然中，不以生为乐，不以死为惧，一切都顺应大自然的安排，那就摆脱了痛苦，不会再有忧虑了。"神"的看法也就是陶渊明的主张。

这首诗从内容看，有两点值得注意：第一，形、影、神三者不同的主张，都包含着陶渊明的思想，"形"肯定酒，"影"否定酒；"影"肯定立善，"神"又否定立善；最后"神"提出顺应自然。这一些看似对立的思想，表明陶渊明内心的矛盾，陶渊明嗜酒，证明他有及时行乐的想法；陶渊明虽然辞官归隐，仍想着"精卫衔微木"，"刑天舞干戚"，证明他仍想立德、立言、立功。不过，顺应自然，遵循天道，是他的主导思想。第二，陶渊明对形灭神不灭的批驳，有朴素唯物主义因素，有进步意义。晚于陶渊明九十年的范缜写了一篇《神灭论》，他从"形存则神存，形谢则神灭"的根本命题出发，论证形与神的关系是"质"与"用"的关系，"形者神之质，神者形之用。"从而证明精神本身并非物质实体，而是人的形体的一种作用，纠正了以前误认为精神是特殊物质的观点，为反对唯心主义的迷信思想提供了理论依据，范缜的唯物主义比陶渊明更加彻底。

这首诗艺术上的突出特点是用寓言体形式，阐释深奥的哲理。

寓言体古亦有之，《诗经·鸱鸮》就是一首寓言体诗；庄子更是一位寓言大家，他的每篇文章几乎都借用寓言阐释哲理，如"刻舟求剑""庖丁解牛"等。陶渊明继承了庄子用寓言谈哲理更传统，创造了形、影、神三个艺术形象，将一个深奥的道理，写得既生动形象，又有哲理意味，给诗歌创作增添了新色彩。

登池上楼（谢灵运）

潜虬媚幽姿，飞鸿响远音①。

薄霄愧云浮，栖川怍渊沉②。

进德智所拙，退耕力不任。

徇禄反穷海，卧疴对空林③。

衾枕昧节候，褰开暂窥临④。

倾耳聆波澜，举目眺岖嵚⑤。

初景革绪风，新阳改故阴⑥。

池塘生春草，园柳变鸣禽⑦。

祁祁伤豳歌，萋萋感楚吟⑧。

索居易永久，离群难处心⑨。

持操岂独古，无闷征在今⑩。

【作者简介】

　　谢灵运，晋大司马谢玄的孙子，袭谢玄爵位封康乐公，世称谢康乐。南朝刘宋废晋自立后，谢灵运曾任永嘉太守。由于出身晋代豪门，为刘宋政权所不容，遭到贬斥，由康乐公降为康乐侯，遂辞官归隐，郁郁不得志，后以叛逆罪被杀害。谢灵运好佛学玄学，纵情山水，将传统的宴游行旅诗，加以玄趣，发展为山水游览诗，是山水诗派开创人，对唐人山水田园诗影响甚大。

【题解】

《登池上楼》写于谢灵运被贬后，虽在写山描水，但诗中有股郁郁不得志的愤懑情绪。

【释疑】

① 虬（qiú）：传说中有角的龙。媚幽姿：意思是说虬龙潜在深水自安自得。

② 薄霄：指居高位。薄，接近。怍（zuò）：惭愧。渊沉：潜沉深渊。

③ 徇（xùn）禄：屈从地领取俸禄。徇，屈从。穷海：穷居海边。卧疴（kē）：卧病在床。

④ 昧：不明。褰（qiān）开：打开窗户，撩起窗帘。褰，撩。开，指开窗。

⑤ 岖嵚（qīn）：形容山高。

⑥ 初景：指春景。革：革除。绪风：残余的风，指冬天的寒气。新阳：新春。古阴：指旧冬。

⑦ 园柳变鸣禽：指园中柳树上啼叫的鸟不是原来的了，原来的鸟并不啼叫，表示这是一种新的景象。

⑧ 豳歌：指《诗经·豳风》。楚吟：指《楚辞·招隐士》。祁祁、萋萋：都是盛多的意思。

⑨ 索居：独居。易永久：容易觉得时间太久了。处心：安心。

⑩ 持操：坚持节操。岂独古：难道只有古人吗。无闷：指隐居而不烦闷。征：验证。

【今译】

　　虬潜深水自安自信，飞鸿鸣叫寰宇声振。

　　身在高空愧对浮云，栖居大川有负水深。

进德修业智慧拙笨，退耕自养力不胜任。

枉领俸禄穷居海边，卧病在床寂对空林。

与枕相伴忘了季节，打开窗帘向外窥寻。

倾耳聆听波涛汹涌，举目远望山势险峻。

初春天气驱走余寒，新年取代旧冬光阴。

池塘岸边春草萌芽，园中柳头鸣禽换新。

频频念诵《诗经·豳风》，不断咏吟《楚辞·招隐》。

一人独处时间难熬，离群寡居难得安心。

坚持操守不独古人，隐居无闷珍惜现今。

【赏析】

　　这首诗可分作三层来理解，前八句是第一层，写诗人抑郁的心境。开头是比兴手法，用"潜虬"和"飞鸿"引入，说"潜龙"在深水（喻不得志）能自安自得；"飞鸿"在高空（喻得志）能声震寰宇。这让诗人联想到自己，说自己虽然也曾像"飞鸿"那样"薄霄"（喻居高位），又像"潜虬"那样"栖川"（喻被贬谪），却无所作为，"愧""怍"二字表明诗人在自怨自艾。接下来具体写自己的"愧"与"怍"：想"进"（指做官），智力不足；想"退"（指退耕），体力不支，进退两难，只能屈从地领着俸禄而穷居海边（徇禄、穷海），带着多病之身面空林（"卧疴对空林"）。这一番抱怨和牢骚，写出了诗人心境的抑郁，也显露了对现实的不满。

　　下面八句是第二层，写诗人的心情变化：久卧病榻，竟忘记了季节变化；偶尔开窗，听到涛声汹涌，见到山势险峻，心绪有些抑郁；但已经是初春天气了，春风驱走余寒，阳光替代阴冷，池塘边小草萌芽了，柳头的鸣禽好像是新来的。这种新春景象，让诗人的心情从抑郁中逐渐解脱出来。

　　最后六句是第三层，写诗人的自我激励：眼前的初春景象，让他想起《诗经·豳风》中的诗句:"春日迟迟,采繁祁祁。"又想起《楚辞·招隐士》中的诗句:"王孙游兮不归,春草生兮萋萋。"于是漫诵轻吟,陶醉在对古人的向往中。虽然离群索居,岁月难熬,心情难安,诗人还是鼓励自己:难道只有古人能坚持操守吗,我同样能隐居无闷,高洁自守,我要用行动验证给别人看看,我不是一个自甘没落的人。这是诗人的自我激励,自我安慰。在被贬的处境中,他也只能如此了。

这首诗没直接描摹山水,而是用山水景物映衬自己的心情,例如用"聆波澜""眺岖嵚"表示心绪抑郁,用"生春草""变鸣禽"表示心情愉悦。给山水景物染上感情色彩,是山水诗的传统特色。

【阅读延伸】

后人对这首诗多有推崇,"池塘生春草,园柳变鸣禽"更成为名句,广为流传。有人甚至说:"春草池塘一句子,惊天动地至今传。"元代文艺评论家元好问也说:"池塘春草谢家春,万古千秋五字新。"这评价虽有些过誉,不过这两句诗,确实也不错,从诗的结构看,这两句是全诗情调转变的枢纽,前郁闷,后愉悦,有了这两句,这种转变就合情合理了;从这两句诗的描写看,写初春景色,也清新自然,富有生气,且对仗工整。南朝人的诗,仍沿袭晋玄学诗的遗风,内容空虚沉闷,谢灵运能写出这样清新的句子,也是鹤立鸡群了。

但谢灵运出身豪门,自幼养尊处优,后又纵情山水,他的诗总离不开个人的荣辱变迁,社会意义小了些。不过,谢灵运的山水诗清新自然,对当时被玄学诗笼罩的污浊诗坛是个很大扫荡,这奠定了他在诗歌史上的地位,他的山水诗开辟了诗歌内容的一个新领域。

25 拟行路难（鲍照）

对案不能食①，拔剑击柱长叹息。

丈夫生世会几时，安能蹀躞垂羽翼②？

弃檄罢官去，还家自休息③。

朝出与亲辞，暮还在亲侧。

弄儿床前戏④，看妇机中织。

自古圣贤尽贫贱，何况我辈孤且直⑤。

【作者简介】

　　鲍照，南朝刘宋时诗人。出身寒微，胸有大志，曾任中书舍人、参军等职，后人称"鲍参军"。但一生受门阀制度压抑，郁郁不得志。他的诗继承了汉乐府传统，吸收民歌精华，感情奔放，辞采丰盛，内容多写寒门贫士对门阀政治的不满，也有些作品反映战乱给人民带来的苦难。杜甫很看重鲍照，有"俊逸鲍参军"的评语。清人沈德潜说，鲍照的乐府"如五丁凿山，开人世所未有"。

【题解】

　　鲍照长于乐府歌行，写有十八首《拟行路难》，这里选的是其中第六首。《行路难》是乐府古题，"拟"表示是仿照之作。

【释疑】

　　① 案：指放食品的小桌。

　　② 安能：怎么能。蹀躞（dié xiè）：小步走。垂羽翼：垂

下翅膀不飞。

　　③ 弃檄：辞官。休息：休养生息。

　　④ 弄：逗。

　　⑤ 孤：孤寒，指身世微贱。

【今译】

　　　　面对饭案不想进食，拔剑击柱高声叹息。

　　　　丈夫生在世上能几时，怎能小脚垂羽窝囊生？

　　　　辞职罢官回家去，回家自食自养息。

　　　　早晨出门别父母，晚归又在父母侧。

　　　　逗儿高兴床前戏，看妻弄机房中织。

　　　　自古圣贤出身多贫贱，何况我辈身世微寒性鲁直。

【赏析】

　　这首诗浅白如话，有民歌味道。头两句先说无意餐食，接着用"拔剑""击柱""叹息"三个连续动作，表明诗人内心不平静，有股情绪急于发泄。这是一股什么情绪呢？三、四句说："丈夫生世会几时，安能蹀躞垂羽翼！"原来他为受压抑而愤慨，发誓不能像小脚女人那样缠足而行，也不能像折了翅膀的小鸟那样萎缩蔫巴。五、六句是他在这种情绪支配下采取的行动："弃檄罢官去，还家自休息"，他毫不犹豫，毅然决然辞职回家休养生息了，态度之坚决，行动之迅速，表明这股愤慨情绪已经积压多日，现在终于爆发了。接下来极力抒写辞职归隐后的欢乐："朝出与亲辞，暮还在亲侧"，守着父母双亲，享受天伦之乐；"弄儿床前戏，看妇机中织"，一家团聚，多有父子、夫妇之趣。这种欢乐与前面的愤慨形成鲜明对照，证明他的辞职行动是何等的正确。最后用两句更加愤慨的感叹结束全篇：自古以来，凡是出身寒微之人，即使是圣贤，也都穷愁潦倒，何况像我这样出身微贱而又正直的人呢！这两句后面隐含的话是：在这个社会里，只有两种人飞黄腾达，一是豪门贵族子弟，一是谄媚奸诈的小人。鲍照对门阀政治做了无情揭露。

这首诗感情奔放，奔放中又有股沉郁之气。写法上直抒胸臆，句子长短结合，错落有致，很适于抒发不平之气。

【阅读延伸】

杜甫用"俊逸"二字评价鲍照的诗，"俊"指辞采丰茂，"逸"指感情奔放。今人萧涤非教授评价鲍照："位卑人微，才高气盛，生于昏乱之时，奔走乎死生之路，即为一悲壮激烈可歌可泣之绝好乐府题材，故所作最多，亦最工。"（《汉魏六朝乐府文学史》）余冠英先生说："鲍照的《行路难》《梅花落》这一类七言和杂言乐府，在音韵句法方面，都有全新的创造，是南朝文人乐府最杰出的作品。歌行里流传奔放一派，从这里开始，对于唐诗有极显著的影响。"这些看法，对我们进一步阅读和理解鲍照的诗，大有助益。

26. 赠范晔诗（陆凯）

折花逢驿使，寄与陇头人^①。

江南无所有，聊赠一枝春^②。

【作者简介】

陆凯，三国时吴国大臣，吴末帝孙皓时，任镇西大将军，领荆州牧，后又迁左丞相。陆凯好学，手不释卷。原有诗集，已佚。

【题解】

范晔是南朝的史学家，著《后汉书》，文辞隽美。他是陆凯的好友，陆写这首诗相赠，表达对范晔的怀念。

【释疑】

① 驿使：传递官府文书的人。陇头：地名，即陇山，在今陕西陇县。

② 一枝春：指代梅花。

【今译】

正在折花恰逢驿使光临，托他寄给远在陕西友人。

江南没有其他物品可赠，送枝梅花略表朋友情深。

【赏析】

小诗的情节很简单，诗人在南方折花赏春，恰逢驿使到来，随手折一枝梅花赠送远方的友人，表达朋友情谊。梅花是报春之花，折梅赠友，礼轻情谊重，带给远方朋友的是春天的气息，是愿于朋友同享春光的美好祝福。这首小诗，妙在炼字，不言梅花，而用"一枝春"替代，一个"春"字，诗的境界全出。由此，"一枝春"成了梅花的代名词。陆凯不是著名诗人，但这首小诗质朴无华，以拙取胜，颇有后来唐诗的韵味，所以很多人对它感兴趣。唐诗人宋之问《题大庾岭北驿》："明朝望乡处，应见陇头梅。"宋诗人黄庭坚《直送早梅水仙花》："欲问江南近消息，喜君贻我一枝梅。"宋诗人秦观《踏莎行》："驿寄梅花，鱼传尺素，砌成此恨无重数。"杂剧作家王实甫《西厢记》："不闻黄犬音，难传红叶诗，驿长不逢梅花使。"这些诗句，都受陆凯这首诗启发。

游东田诗（谢朓）

戚戚苦无悰^①，携手共行乐。

寻云陟累榭，随山望菌阁^②。

远树暖阡阡，生烟纷漠漠^③。

鱼戏新荷动，鸟散余花落。

不对芳春酒，还望青山郭。

【作者简介】

谢朓，字玄晖，与谢灵运同族，人称"小谢"，灵运则称"大谢"。谢朓是南朝齐时人，少好学，有才名，曾任尚书殿中郎、东海太守等职。后因受齐朝内部斗争牵连，被杀。南齐永明年间，有一些诗人写诗讲究俳句对偶，人称"永明体"。谢朓是其中杰出者，又是山水派代表诗人。其诗风格清秀，意境开阔，对唐代绝句、律诗的形成有影响。

【题解】

《游东田诗》中的东田，是建康（南京）郊外的一个风景区，谢朓在这里建有庄园。他政治上不得意，继承了谢灵运的遗风，经常到大自然中游山玩水，寻求乐趣，排解心中的苦闷，这首诗抒发的就是这种情绪。

【释疑】

① 戚戚：愁闷不得排解的样子。悰（cóng）：心情喜乐。

② 陟（zhí）：登。累：重叠。榭：亭台。菌阁：檐似菌形的楼阁。

③ 暧：日光昏暗。阡阡：同"芊芊"，树木茂盛的样子。漠漠：
烟尘密布的样子。

【阅读思路】

诗题是《游东田诗》，全诗围绕"游"字展开，写远眺、近看、
细瞅。诗人都看到些什么？抒发的是一种什么心情？

【今译】

> 愁闷难解无心情，约友出游自寻乐。
> 登上层台眺远云，山中隐隐现楼阁。
> 近看楼旁高树多，炊烟袅袅如雾遮。
> 鱼戏荷间叶零落，鸟去枝动花婆娑。
> 酒香诱人无心饮，回望山郭影绰绰。

【赏析】

这首诗就写一个"游"字，游中之景，游中之情。开头两句交
代"游"的原因与目的。"游"的原因是心情不好，愁闷难解。
"游"的目的是与朋友一起寻找乐趣。"游"中见到些什么呢？远看
是云雾朦朦胧胧，楼阁叠叠层层；近看是大树郁郁葱葱，炊烟袅袅
腾腾；再一细瞅，鱼戏荷间，鸟鸣花丛，"鱼戏""鸟鸣"本是乐
景。但鱼弄乱了荷叶，鸟弄落了花朵。诗人本想约友出游，到大自
然中寻求乐趣，见此情此景，郁闷的心情仍没得排解。所以最后说，
春酒虽香也不想喝了，回头一望，见到的仍是影影绰绰的远山。这
首诗写出了诗人心中的无奈，他对现实是不满的，又无力改变，只
能借诗抒发心中的愁闷。有人分析，诗人出游所见景物，心情是愉
悦的。我看未必，诗人出游结束时，仍然"不对芳春酒"，心情怎么
会是愉悦的呢？在一个人本来惆怅满怀时，虽想苦中取乐，但无论
见到什么景色，那滋味终究还是苦的。

28. 玉阶怨（谢朓）

夕殿下珠帘，流萤飞复息①。
长夜缝罗衣，思君此何极②？

【题解】

这首诗是永明体的代表作，用一个宫女的口吻，诉说长年不得君王宠幸的怨情。严羽说："谢朓之诗有全篇似唐人者。"这首可作一例。《玉阶怨》是旧题。

【释疑】

① 息：停息。

② 极：终极，尽头。

【今译】

天黑了殿上珠帘已落下，殿外边流萤飞飞又停停。
一妇人手拿罗衣缝啊缝，思念中君王何时现身影？

【赏析】

这是首宫怨诗，开头以朴实的语言描景绘物：天黑了，殿上的珠帘已经放下来，萤火虫飞来飞去，时隐时现。在这种夜景下，有一个妇人在那里手持罗衣，缝来缝去。这是个什么人呢？从"殿""珠帘""罗衣"看，不会是农妇；再从下句"思君"看，原来是个宫妃，她在思君王。"思何极"是说"思"到什么时候是个头？她肯定好长时间没见君王了。这里，不提怨，不言苦，怨苦之意都表露出来了。宫怨一类的诗，写的是宫女之怨，抒发的是诗人的同情。

【阅读延伸】

山水景物诗作为一个流派，陶渊明滥其觞（起源），谢灵运扬其波（助澜），但陶诗总带隐昧，谢诗常有佛理，到谢朓就回到人间，写真山真水真景，平实可见。永明年间，这类诗不少，标志着山水景物诗进入一个新的发展阶段。如范云的《之零凌郡次新亭》："江干远树浮，天末孤烟直。江天自知合，烟树还相似。"吴均的《山中杂诗》："山际见来烟，竹中窥落日。鸟向檐上飞，云从窗里出。"这些诗都摆脱了仙气和玄理。

谢朓的永明体诗，讲究俳句对偶，对唐代绝句、律诗的形成有影响。李白在他的诗中屡屡提到谢朓，"蓬莱文章建安骨，中间小谢又清发""争道澄江静如练，令人长忆谢玄晖"。杜甫也说"谢朓每篇可讽诵"。唐人诗中写宫怨的很多，从中可看到谢朓诗的影响。

南朝民歌（四首）

南朝民歌大多是缠绵情歌，描写少女的情态，颇为传神。后来的民歌，直到明清，都大多是情歌，这个基调，受南朝民歌影响很大，这里选四首。

宿昔不梳头，丝发被两肩①。
婉伸郎膝下，何处不可怜②

青荷盖渌水③，芙蓉葩红鲜。
郎见欲采我，我心欲怀莲。

仰头看桐树，桐花特可怜。
愿天无霜雪，桐子解千年。

打杀长鸣鸡，弹去乌臼鸟④。
愿得连冥不复曙⑤，一年都一晓。

【释疑】

① 宿昔：早晚。宿，同"夙"，早。昔，晚。被：同"披"。

② 可怜：可爱。

③ 渌（lù）水：清澈的水。

④ 乌臼鸟：又名黎雀，天一亮就叫个不停。

⑤ 连冥：连续天黑。

【赏析】

第一首写一个少女早晚懒得梳头，长发披散在双肩。她为什么这么懒呢？下句作了回答："婉伸郎膝下，何处不可怜。"原来这个少女沉浸在爱河当中，只愿温存地（婉）把头埋在情郎的膝间，顾不上梳头，处处是那样的可爱（可怜）。这首诗写得大胆直率，把少女陷入情网而无法摆脱的情态，描绘得淋漓尽致。

第二首开头用"青荷""渌水"和含苞欲放（蓇）的"芙蓉"三种鲜艳的景物，暗喻少女的美丽动人。"郎见欲采我，我心欲怀莲"两句，"采"与"睬"谐音，"莲"与"怜"（爱）谐音，写少男、少女互相爱慕，一见钟情。利用谐音，一语双关。

第三首，"仰头看桐树"一句，"桐"即梧桐，"梧桐"与"吾同"谐音，表示彼此之间同心相印。"桐花特可怜"，"可怜"就是可爱。"愿天无霜雪，桐子解千年"，祈愿不要降霜雪，梧桐子可以千年不落。这是祝愿爱情千年不衰。

第四首，一开头就要杀鸡打鸟，这是为什么？读了下句就明白了，原来是恨鸡与鸟的叫声惊醒了美梦，送来了天明，自己要与情人分手了，因而泄愤于鸡、鸟。进而希望天一直黑下去，一年只有一次天亮（晓），那该多好。这首诗用夸张手法，显示女子的天真与纯情。唐人金昌绪有诗："打起黄莺儿，莫教枝上啼。啼时惊妾梦，不得到辽西。"与这首诗立意相同，但一个直率，一个含蓄，一个粗犷，一个婉转，这是民歌与文人诗歌的明显区别。民歌经常借物咏怀，利用谐音，语带双关，语言虽浅显，但内蕴深刻，是古代诗歌发展的一个推动力。

㉚ 北朝民歌 （二首）

北朝是少数民族政权，居民也多是少数民族，文化落后，诗坛冷落得多。但其民歌粗犷豪健，反映了北方民族的豪爽性格，恰与南朝民歌的婉转缠绵相映成趣。

敕 勒 歌

敕勒川，阴山下，天似穹庐，笼盖四野。
天苍苍，野茫茫，风吹草低见牛羊。

【题解】

敕勒是少数民族名，匈奴的后裔，敕勒川（今山西北部）是他们生活的地方。这原是一首鲜卑语民歌，有人将它译成汉语。穹庐，本指天的形状，中间高，四周下垂。这里指用毛毡搭成的帐篷，俗称蒙古包，顶是半圆拱形，与天的形状相似。阴山，即今大青山，是蒙古草原最大的山脉。见，同"现"，显现。

【赏析】

"敕勒川，阴山下"，简白地交代敕勒族居住的地点。"天似穹庐，笼盖四野"，概括地描写敕勒族生活的环境。"天苍苍，野茫茫"，形象地写出大草原的辽阔。"风吹草低见牛羊"是全诗的灵魂，既描绘出草原的突出特征，又表现出生活的富庶，从中也可看出敕勒人对大草原生活的热爱。这首诗雄浑豪放，质朴简练，以其独有的原始魅力，博得历代人们广为传诵。元代文艺评论家元好问评论这首诗："慷慨歌谣绝不传，穹庐一曲本天然。中州万古英雄气，也到阴山敕勒川。"

木 兰 诗

唧唧复唧唧，木兰当户织。不闻机杼声，惟闻女叹息。问女何所思？问女何所忆？女亦无所思，女亦无所忆。昨夜见军帖，可汗大点兵①，军书十二卷，卷卷有爷名。阿爷无大儿，木兰无长兄，愿为市鞍马②，从此替爷征。东市买骏马，西市买鞍鞯，南市买辔头③，西市买长鞭。

朝辞爷娘去，暮宿黄河边。不闻爷娘唤女声，但闻黄河流水鸣溅溅。旦辞黄河去，暮宿黑山头④。不闻爷娘唤女声，但闻燕山胡骑鸣啾啾。

万里赴戎机⑤，关山度若飞。朔气传金柝，寒光照铁衣⑥。将军百战死，壮士十年归。归来见天子，天子坐明堂⑦。策勋十二转⑧，赏赐百千强。可汗问所欲，"木兰不用尚书郎，愿借明驼千里足⑨，送儿还故乡。"

爷娘闻女来，出郭相扶将⑩。阿姊闻妹来，当户理红妆。小弟闻姊来，磨刀霍霍向猪羊。开我东阁门，坐我西阁床，脱我战时袍，着我旧时裳。当窗理云鬓，对镜贴花黄⑪。出门看伙伴，伙伴皆惊惶。同行十二年，不知木兰是女郎。"雄兔脚扑朔，雌兔眼迷离⑫。双兔傍地走⑬，安能辨我是雄雌。"

【题解】

这是一首鲜卑族的民歌，在流传过程中，经过很多人修改，包括文人加工。这是一首奇作，"奇"在取材。古代以女人为题材的诗很多，大多写女人的温柔美丽，或受侮辱被遗弃，诗的风格或缠绵，或悲苦，这是受封建社会男尊女卑思想的影响。像《木兰诗》，写一个尚武女性，而且作为歌颂的对象，实在难能可贵。木兰的形象是鼓舞妇女进取的女英雄，木兰从军的故事家喻户晓，成为千古美谈。河南豫剧有《花木兰》剧目，木兰是否姓花，无可考。因是女性，故称"花木兰"，有赞颂的意味。

【释疑】

① 军帖：军中征兵的文书。可汗（kè hán）：少数民族君主的称号。

② 市：买。

③ 鞯（jiān）：马鞍下面的垫子。辔（pèn）头：马嚼子和缰绳。

④ 黑山头：与下句的"燕山"都是北方的山名。

⑤ 戎机：指战场。

⑥ 朔气：寒气。金柝（tuò）：军中守夜打更的梆子。铁衣：铠甲。

⑦ 明堂：帝王举行大典的地方。

⑧ 策勋：功劳簿。十二转：表示很多。

⑨ 不用：不想。尚书郎：一个很大的官。千里足：千里马。明驼：马名。

⑩ 郭：外城。将：搀扶。

⑪ 花黄：妇女脸上的装饰。

⑫ 脚扑朔：脚不停地伸缩。眼迷离：眯着眼。

⑬ 傍地走：贴着地面跑。

【阅读思路】

这首诗以木兰从军过程为线索，依据这一线索，大致划分一下层次。分析木兰形象的性格特点。这首诗在写法上详略分明，哪些地方略？哪些地方详？详写的目的是什么？

【赏析】

这首诗叙写了木兰从军的全过程，以此为线索分作四个层次：从军准备、从军路上、战场立功、荣归故里。故事完整，结构紧凑。作为女主人公的木兰，几乎集中了中华民族女性的所有优秀品质。她热爱国家，"昨夜见军帖，可汗大点兵""万里赴戎机，关山度若飞"，在国家危难之际，挺身而出，奔赴战场。她忠孝两全，"阿爷无大儿，木兰无长兄，愿为市鞍马，从此替爷征"，为国为家，义无反顾。她英勇善战，为国立功，"将军百战死，壮士十年归"，"策勋十二转，赏赐百千强"。但她不慕荣禄，"木兰不用尚书郎，愿借明驼千里足，送儿还故乡"，功成身退，品质高洁。她也不缺女人的温柔与妩媚，"脱我战时袍，着我旧时裳""当窗理云鬓，对镜贴花黄"。她还富有幽默感，"雄兔脚扑朔，雌兔眼迷离。双兔傍地走，安能辨我是雄雌"。对同伴的回答，是多么的机智而诙谐。木兰是人们理想中完美女性的化身。

这首诗在写法上详略得当，当略则略，惜墨如金，一语带过，比如写战场厮杀只两句——"将军百战死，壮士十年归"。"朔气传金柝"以下四句是后代文人加的，但征前准备、家人团聚则浓笔重墨，东西南北市、爷娘、姊妹、兄弟情依次都写到了。这种繁简剪裁，都为了突现木兰的性格特点，详写征前准备，显示木兰爱国热情的炽烈；详写家人团聚，既显示木兰的自豪，也富有生活气息，浓化了人情味。

【阅读延伸】

　　散文工于叙事，小说长于讲故事，诗歌则擅长抒情。受句式和押韵所限，讲故事是诗歌的短项，所以古代叙事诗不多，长篇叙事诗更少。胡应麟《诗薮》说："五言之赡（shàn，丰富而有力），极于焦仲卿妻，杂言之赡，极于木兰。"这两首诗，是古代叙事诗的两座奇峰，千载流传不衰。